El Casamentero
Libro Seis

Descarado

Reglas de Refinamiento

Tarah Scott

Traducido por Santiago Machain
Scarsdale Voices

Reglas de refinamiento

Los nobles no siempre son honorables... pero un rufián siempre es encantador.

En una estrecha callejuela de la ilustre Charlotte Square de Edimburgo, se alza una casa adosada que no es tan impresionante como las residencias cercanas, pero sigue siendo un lugar de distinción. El patio que da a la calle mantiene un aire de tranquila dignidad, mientras que la privacidad está asegurada por una puerta de hierro forjado. Esta casa es la Escuela de Señoritas de Lady Peddington y es propiedad y está dirigida por Lady Honoria Peddington.

Las chicas que tienen la suerte de asistir a la academia son instruidas en todos los aspectos del comportamiento adecuado, haciendo hincapié en la importancia de una conducta y apariencia agradables, la gracia y los buenos modales, las habilidades que necesita una dama para llevar una casa grande y acomodada y, por supuesto, la necesidad y las ventajas de una reputación impecable. El escándalo, se advierte a las chicas, debe evitarse a toda costa.

La propia reputación de Lady Peddington es la mejor, y todo Edimburgo la considera irreprochable. Es especialmente apreciada por los mercaderes acomodados y la pequeña burguesía que vive en la periferia de la Ciudad Nueva, donde dirige su escuela. Estos clientes aprecian su habilidad para encontrar maridos adinerados para sus hijas. Nadie sospecha que sus conocimientos sobre los hombres provienen de la época en que no era Lady Honoria Peddington, sino simplemente Honey Pedding, que regentaba un próspero burdel de Glasgow.

Esas habilidades, aunque secretas, le siguen sirviendo, ya que cuando los famosos bailes de graduación de su escuela no logran conseguir maridos adecuados para algunas de sus chicas más animadas, aparecen otros caballeros, deseosos de aceptar a estas joyas como amantes mimadas. Así que, sea cual sea la inclinación del corazón de una chica, la Escuela de Señoritas de Lady Peddington garantiza la felicidad para todas.

Descarado

Capítulo uno
¿Qué más puede pedir una chica?

JULIETA ENTRECERRÓ LOS OJOS POR EL SOL DE LA MAÑANA que entraba por la ventana abierta detrás de la mesa de estudio de Lady Honoria Peddington. Unas risas femeninas surgieron del modesto patio mientras Honoria se levantaba y bordeaba el gran escritorio de caoba con patas de garra hasta llegar a donde Julieta se encontraba en la alfombra verde oscuro con estampado de cachemira. Para ser una mujer de casi cincuenta años, Honoria era extraordinariamente bella, con sOlo un mínimo indicio de canas en su cabello pelirrojo.

Observó a Julieta con una mirada crítica.

—Riza tus mechones en unos rizos adecuados para esta noche.

—Esta noche... —Julieta se interrumpió cuando Honoria rozó uno de los mechones con los dedos.

—Quiero ver cómo la luz de las velas baila en esos mechones dorados—Honoria comenzó a caminar lentamente alrededor de Julieta, como si estuviera inspeccionando un caballo que deseaba comprar.

Con la verdadera Lady Peddington haciendo su circuito, Julieta se quedó mirando el gran retrato al óleo de Lady Peddington que adornaba la chimenea. A su espalda, colgaba una colección de pequeños retratos de los nobles locales de Edimburgo. Imaginó el chasquido colectivo de los señores cuando Honoria llegó a la cara de Julieta y le agarró la barbilla, inclinando la cabeza hacia un lado.

—Píntate los labios de un tono más oscuro de rojo. Tu mohín lo volverá loco.

¿A él?

Los latidos de su corazón se aceleraron.

Honoria la soltó.

—Y delinea tus pestañas inferiores. Tus ojos azules son uno de tus mejores rasgos—Dio un paso atrás y cruzó los brazos—. Conocerás al Duque de Hamilton esta noche en el Baile de Medianoche.

—¿Baile de Medianoche, el duque de Hamilton?—La ira la invadió, seguida del miedo. De todas las cosas que la directora y fundadora de la Escuela de Señoritas de Lady Peddington podría haberle lanzado, Julieta no había imaginado esto.

—¿Así que el tristemente célebre duque de Hamilton pretende convertirme en su amante?—Julieta forzó una sonrisa y añadió con una doble dosis de sarcasmo:—¿Por qué, tía Honoria, qué más podría querer una mujer?

—Poco, ciertamente —dijo ella, ignorando la burla de Julieta.

—Seguro que recuerdas que vuelvo a Londres por la mañana—dijo Julieta—No tengo tiempo para bailes, ni para duques.

Honoria la miró fijamente.

—No insistí en que asistieras al primer baile, pero debo insistir en que asistas a éste.

—Solo los caballeros que buscan asociaciones poco honorables asisten a tus bailes de medianoche. Sabes que eso no es lo que quiero.

—No hay nada deshonroso en un acuerdo entre adultos—respondió Honoria sin inmutarse—. El duque te esperará a medianoche. No es un hombre al que le guste que le hagan esperar.

Su corazón se hundió. El duque de Hamilton. Su retrato no colgaba en la pared junto a la ilustre nobleza de Edimburgo. Sin embargo, Julieta había oído hablar del hombre. ¿Quién no lo había hecho? Su reputación le precedía. Era atrevido, guapo, escandalosamente rico y «nunca ha estado con una mujer más de seis meses»—Terminó Julieta su pensamiento en voz alta.

—Hay una primera vez para todo—dijo Lady Peddington.

Lady Honoria Peddington no era realmente su tía, pero era lo más parecido a un pariente que tenía Julieta. La tía comenzó su carrera en el mismo burdel que la madre de Julieta, donde habían formado un vínculo fraternal. Con el paso de los años, ambas mujeres habían cumplido sus sueños. Honoria Peddington—nacida como Honey Pedding—se trasladó a Edimburgo y abrió la Escuela de Señoritas de Lady Peddington. La madre de Julieta se mudó a Londres y abrió la Casa del Placer de Lady Afrodita, la casa de la infancia de Julieta.

Honoria sonrió suavemente.

—No hay nada malo en conocer al hombre.

—No soy tonta—espetó Julieta. Señaló con la cabeza la ventana abierta donde sus compañeras reían en el pequeño patio de abajo—. Puede que no conozcan los peligros de un Baile de Medianoche, pero no tienen a una madame por madre, ¿verdad?

—Mi querida niña—Lady Peddington golpeó fuertemente con los nudillos el escritorio a su lado—

. Baja la voz. No podemos permitir que se escuchen esas palabras.

Julieta resopló de nuevo, pero respondió en voz baja:

—No me quedo en Edimburgo, tía. Me voy pronto a Londres.

Honoria le dirigió una mirada astuta.

—No estás más ansiosa por volver a casa ahora que ayer.

El corazón de Julieta se estrechó. Su tía decía la verdad. Se sentía más a gusto aquí que en cualquier otro lugar en el que hubiera vivido. El año había pasado demasiado rápido. Julieta echó una mirada nostálgica a las estanterías repletas de volúmenes encuadernados en cuero sobre conducta y etiqueta. Los había leído todos, o lo había intentado. A decir verdad, la habían adormecido mejor que cualquier posesión.

Tenía un plan para evitar el destino que le esperaba en casa de su madre. Había pasado el año escolar fomentando las relaciones con las jóvenes que pronto dirigirían sus propios hogares. Necesitarían una modista. Tenía la intención de convencer a su madre de que la dejara intentar convertirse en modista antes de verse obligada a vivir como cortesana.

Julieta se encontró con la mirada de su tía.

—¿Por qué conocer a este caballero justo cuando me voy, tía Honey… Honoria?—Después de un año, todavía se le resbalaba—¿Has vendido mi virginidad al mejor postor?

Su madre había intentado precisamente eso el año anterior. Había subastado a Julieta a un banquero de mediana edad, un hombre con una barriga del tamaño de un toro, que además olía como tal. Había evitado por poco la cama del hombre convenciendo a su madre de que un año en la escuela de Lady Peddington le permitiría cobrar el doble de la cantidad de una clientela mejor pagada.

Julieta se dio cuenta de que Lady Peddington estaba hablando.

—…la atención de Sir Stirling, Julieta. Le pidió específicamente que asistieras al baile de esta noche y conocieras al duque.

Julieta frunció el ceño.

—¿Sir Stirling James?—Solo había visto al hombre una vez, y desde una gran distancia. Uno de los instructores lo había señalado durante una excursión de vacaciones autorizada en Edimburgo, cuando pasó corriendo en un carruaje brillante. "¿Dónde podría haberme visto? ¿Cuándo? ¿Cómo? He seguido las reglas, tía Honoria. No le he dicho nada a nadie". ¿Cómo podría hacerlo? Los compañeros de clase se desmayarían si descubrieran que se había criado en un burdel. Una nueva idea la asaltó y bajó la voz a un susurro muy bajo:

—No es uno de los clientes de mamá, ¿verdad?.

—Cielos, no—Lady Peddington sacudió la cabeza enérgicamente—. Nada de eso.

—Entonces, ¿por qué querría convertirme en la amante del duque?—Julieta siseó.

—No estoy del todo segura, niña—susurró Lady Peddington. Señaló con la cabeza la ventana abierta y esperó a que salieran más risitas antes de añadir:— Sir Stirling es un viejo amigo... pero no esa clase de viejo amigo—añadió rápidamente cuando Julieta abrió la boca para hacer esa misma pregunta. Su tía la miró con complicidad—. Te has portado bien aquí en Edimburgo, pero ¿qué pasa con Londres?

Julieta hizo una mueca de dolor. Ay, Londres.

—He sido el retrato de la corrección social, tía, lo juro—mintió—.

Después de todo, ¿qué significaba la molesta palabra «corrección»? Todo el mundo que había conocido tenía una opinión ligeramente diferente sobre el asunto. Y, en realidad, ¿quién podía decir que colarse en las fiestas de Londres sin ser invitada para frecuentar las mesas de juego era realmente impropio? Había tenido la precaución de llevar una máscara veneciana para proteger su identidad. Después de todo, había conocido a más de un jugador en el burdel mientras crecía. Le habían enseñado muchos trucos de cartas a lo largo de los años. ¿Por qué no iba a poner en práctica esos conocimientos? Aquel verano había sido una figura misteriosa y popular en Londres, y había ganado una buena suma, casi suficiente para abrir su propia tienda de ropa. Casi.

—¿Qué has hecho, niña?—insistió su tía.

—Nada—mintió de nuevo.

La mirada de Honoria pareció penetrar hasta su alma.

—¿Por casualidad te has enamorado en Londres o...?

Julieta puso los ojos en blanco.

—En serio, ¿cómo puedes preguntar? El amor es una palabra que se lanza con demasiada facilidad. No estoy dispuesta a levantarme las faldas por ningún hombre. Jamás.

Su tía se rio como si estuviera aliviada.

Julieta enarcó una ceja con desconfianza.

—Todavía me siento como si me hubieran vendido como tu vaca más preciada.

—Tonterías. Sir Stirling es un casamentero.

—Que busque pareja en otra parte—Julieta sacudió la cabeza y se dio la vuelta para irse.

—Julieta, escúchame.

Julieta hizo una pausa, luego miró a Honoria.

Su tía se adelantó.

—Tu sangre corre caliente, demasiado caliente para cualquier hombre. Lo sé. Deberías abrazar esa pasión. De hecho, florecerás bajo el toque del hombre adecuado. Si los rumores sobre el duque Hamilton son ciertos...

—No, gracias—dijo Julieta.

—Piénsalo—susurró su tía, con los ojos encendidos de expectación—La amante de un duque. Un hombre con la riqueza del duque te proporcionaría no solo una casa privada, sino también una asignación anual. Ni siquiera tu madre soñó con algo tan alto para ti.

La alarma recorrió a Julieta.

—No se lo has dicho a mamá, ¿verdad?—Las palabras salieron disparadas antes de que pudiera detenerlas.

Demasiado tarde, Julieta se dio cuenta de su error. Un brillo calculador entró en los ojos de Lady Peddington. El corazón de Julieta se hundió. Acababa de entregarle a su tía la victoria en bandeja de plata. Ya no había forma de recuperarse. Honoria sabía que Julieta haría cualquier cosa por evitar que su madre se enterara del interés del duque.

—Hagamos un trato—se rindió Julieta.

Una sonrisa torció la boca de la mujer mayor.

—¿Tan poco te he enseñado este año? Una dama nunca negocia como una pescadora.

Julieta lanzó a su tía una mirada suplicante.

—Haré lo que me pides. Asistiré al Baile de Medianoche y bailaré con este duque. Le entretendré, tal y como deseas, sin acostarme con él. Pero mamá no puede saberlo. Por favor, tía Honoria.

Lady Peddington tomó asiento primorosamente.

—Sir Stirling pidió específicamente que jugaras una partida de comercio con el duque, y que debes ganar.

¿Cartas? Julieta parpadeó. Así que Sir Stirling la había visto en las fiestas de Londres... ¿pero cómo la había reconocido? Ella siempre había llevado una máscara. Cielos, ¿la había hecho seguir? El horror la invadió.

—Deberías saber—continuó su tía—que el duque de Hamilton nunca pierde.

Julieta respiró profundamente y dejó de lado sus preocupaciones.

—Hasta ahora—respondió. Hacía años que no perdía una partida, no con las herramientas que tenía a su disposición.

Lady Peddington sonrió.

—Mantén al hombre contento. Es solo una noche. Hazlo y tu encuentro con el duque seguirá siendo nuestro secreto.

—Bendito sea—Julieta soltó un suspiro de alivio.

Salió rápidamente del estudio. Oh, Honey Pedding era una astuta. Había manipulado la conversación para salirse con la suya. Julieta hizo una mueca. Había sido criada por mujeres así. ¿Cómo había caído tan limpiamente en la red?

Al final de la escalera, se detuvo y miró por la ventana a las jóvenes que seguían charlando en el patio. En la última semana, la mayoría había encontrado pretendientes, hombres honorables que ofrecían matrimonio, no duques que buscaban amantes. Cuando las muchachas soltaron una nueva carcajada, Julieta sacudió la cabeza. Sabían poco de los hombres. Había visto suficientes hombres en el burdel de su madre como para conocerlos como las criaturas que realmente eran: tontos de remate centrados únicamente en el placer carnal.

El duque de Hamilton no sería diferente. Ella aprovecharía esa lujuria en su beneficio. Se pondría su mejor vestido. Coquetearía, se lamería los labios, levantaría los pechos y enseñaría los tobillos. Exponiendo un poco de carne podría hacer hervir la sangre del duque. En un abrir y cerrar de ojos, ella lo tendría pensando con su miembro. Luego, le ganaría a las cartas, tomaría su dinero y desaparecería.

Capítulo dos

Una apuesta muy interesante

—NO HAY MUJER VIVA que pueda mantener mi interés lo suficiente como para que quiera casarme con ella, Stirling.

Carrick Hamilton, duque de Hamilton y Señor de la Lennoxlove House, se paró en el borde del césped, encajó una flecha en su largo arco y apuntó. La cuerda del arco retumbó, y la flecha se enterró en el centro de la diana a más de cien metros de distancia.

Sir Stirling James, marqués de Roxburgh, que descansaba bajo un antiguo roble, soltó un silbido bajo—Impresionante.

Carrick colocó su arco en una mesa cercana, junto a una colección de dagas, arcos y flechas, cualquier cosa que pudiera lanzar al blanco. El sol era cálido, el cielo azul, el viento, inexistente. En definitiva, un día perfecto para practicar el tiro al blanco en la Casa Crenshaw. Entonces, ¿por qué estaba luchando con un estado de ánimo oscuro? Tal vez, debería acortar su visita a Edimburgo y volver a casa. Se estiró el cuello y se apartó el pelo oscuro de la frente.

—¿Qué estabas diciendo? Ah, sí. Las mujeres— Carrick frunció el ceño—. ¿Por qué estamos hablando de mujeres?

—He dicho que simplemente no has conocido a la adecuada—Un brillo divertido iluminó los ojos de Stirling.

Carrick soltó una carcajada.

—Apostaría mi mejor caballo a que no hay ninguna mujer «adecuada» para alguien como yo.

—Acepto la apuesta—Stirling sonrió—. La respaldaré con ese roano rojo que has estado deseando.

Carrick lanzó una mirada de sorpresa a su amigo.

—No estás bromeando.

—En efecto, no lo estoy—respondió Stirling—. Ya la he encontrado.

Carrick levantó una ceja. Llevaba dos años detrás de Stirling para que le vendiera ese roano rojo. Apoyó una cadera en la mesa de armas y se cruzó de brazos.

—¿Quién es ella?

Stirling dejó la sombra del árbol y se unió a él.

—Casarse con ella será bastante complicado.

Carrick se enderezó.

—¿Casarse? Uff, esto es una broma, después de todo.

—Créeme, es una con la que querrás casarte—aseguró Stirling—. Nunca he visto una pareja más perfecta.

Carrick hizo una mueca—¿Matrimonio?—Recogió su arco largo y seleccionó otra flecha—El deber dicta que algún día me case, pero no veo que eso ocurra pronto—Enganchó la flecha y apuntó.

Stirling se rió—Lo que necesitas es una mujer que te ponga de rodillas.

El disparo de Carrick salió para cualquier parte.

Stirling sonrió y le dio una palmada en la espalda.

—Estoy deseando ver a tu semental en mis establos—Giró sobre sus talones y se dirigió hacia la casa.

Carrick frunció el ceño.

—¿Cuándo conoceré a esta arpía?

—Esta noche—comentó Stirling por encima del hombro—. En el Baile de Medianoche de Lady Peddington.

"¿Un baile de medianoche?", pensó Carrick. Stirling había dejado la sorpresa más deliciosa para el final. Sonrió. Sí, le apetecía pasar la noche con una mujer, especialmente con una que asistía a bailes de medianoche.

Capítulo tres

Un juego de cartas como ningún otro

EL RELOJ EN LA CHIMENEA de la habitación dio la medianoche.

Julieta apartó la mirada del libro que estaba leyendo y la dirigió al reloj. El baile de medianoche había comenzado. Dejó el libro en el sofá y se levantó. Un cosquilleo de ansiedad le subió por la espalda. Si una sola de sus amigas se quedaba en el salón de baile una vez terminado el baile normal, la ilusión que tanto le había costado crear este último año se rompería en mil pedazos. Se correría la voz como un reguero de pólvora y nadie contrataría a la mujer del escotado vestido de seda azul y la máscara veneciana como modista.

De un modo u otro, ésta sería la última vez que se parara en esta habitación. Julieta giró en un lento círculo e inspeccionó la habitación, ahora vacía de todo signo de haber vivido en ella durante un año. Su mirada se fijó en un trozo de terciopelo azul oscuro a los pies de la cama. Cruzó la habitación y recogió la tela. Un trozo que había caído al suelo cuando había empaquetado los restos que había recogido de la costura que habían hecho en la escuela. La mayoría de los trozos solo eran lo suficientemente grandes como para utilizarlos como muestras, pero unos pocos trozos muy bonitos bastarían para hacer guantes o incluso retículas. Cada pedacito contaba.

El dinero que había ahorrado le serviría para comprar la tela y los materiales necesarios para empezar a trabajar como modista. No tenía ni un céntimo para el alojamiento y la comida, pero una no se preocupaba por esos pequeños detalles. Julieta hizo una mueca. Lo único que tenía que hacer era convencer a su madre de que la dejara vivir en el burdel hasta que pudiera permitirse una modesta casa propia. Hasta entonces, había acordado pagar una pequeña parte de sus ganancias al propietario de una tienda en el distrito de las telas para tener un lugar donde reunirse con sus clientes. Pero sus planes y su futuro dependían de que tuviera un lugar seguro para coser.

Julieta soltó un suspiro. El año había pasado realmente demasiado rápido. Quería a su madre, pero no le apetecía la batalla que le esperaba. Su baúl aguardaba encima del carruaje alquilado que la llevaría hasta la diligencia que se dirigía a Londres. El vestido de día que utilizaría para el viaje de vuelta a casa yacía metido en la mochila junto a la puerta. Una vez que escape del duque, no piensa arriesgarse ni siquiera a cambiarse de ropa en su habitación. La transformación de cortesana a modista aburrida tendría lugar en el viaje en carruaje entre Lady Peddington y la estación.

Dos chicas de la escuela ya estaban comprometidas con mercaderes londinenses de moderado éxito y habían rogado a Julieta que les cosiera a cada una de ellas armarios completos. Ella ganaría un sueldo de esclava, pero las chicas dirían a todo el mundo que la señorita Julieta Thatcher, graduada de la Escuela de Señoritas de Lady Peddington, había cosido sus vestidos. Entonces su madre no tendría buenos argumentos para impedir que se convirtiera en modista en lugar de cortesana.

Julieta se acercó al espejo de cuerpo entero que había cerca de la puerta e inspeccionó su aspecto. La seda azul acunaba sus amplios pechos a la perfección y acentuaba su fina cintura. Inclinó la cabeza. Siguiendo las instrucciones de la tía Honoria, se había oscurecido las pestañas y delineado los ojos. El efecto dramático hacía que sus ojos azules resaltaran bajo la masa de rizos que había retirado de su rostro y sujetado con dos grandes peinetas de caparazón de tortuga; todo menos un seductor mechón, por supuesto. Dejó que se enroscara graciosamente en su nuca, como si se tratara de una idea de última hora. A los hombres les gustaba ese tipo de cosas. Les daba ganas de enredarlo en su dedo.

Su mirada se fijó en el sujetador cuando empezó a girar y se detuvo. Debería bajar el sujetador medio centímetro más. El vestido ya era suficientemente escandaloso, lo que significaba que no tenía nada que perder. Tiró del sujetador hacia abajo.

No pudo evitar una risa sin gracia. Parecía un pálido fantasma dormido sobre sus pies. Eso no serviría. Una imagen mental de sí misma roncando en las mesas de juego la hizo hacer una mueca. Si tuviera el valor de desafiar a Lady Peddington y a su madre. Se mordisqueó el labio. No es muy probable. Solo la fuerza de sus personalidades era desalentadora. Pero esa no era la verdadera razón. En realidad, sabía que solo buscaban darle una vida más fácil que la que ellas habían tenido. Reprimió un suspiro y se pellizcó las mejillas para darles color.

Los lejanos acordes de un vals se filtraron en la habitación.

No podía demorarse más.

Julieta tomó la baraja de cartas que había colocado sobre la chimenea. La había tomado 'prestada' de la sala de juego más temprano. Sacó los ases junto con las cartas de figura y los metió en una pequeña bolsa que colgaba de una liga en su muslo.

A continuación, tomó la máscara veneciana, un delicado óvalo de raso blanco adornado con plumas blancas y ribetes dorados lo suficientemente grande como para cubrir su nariz y sus cejas. No iba a asistir a un baile de máscaras, pero sabía cómo provocar a un hombre. Julieta se arremangó las plumas, se anudó las cintas detrás de la cabeza y dio una última vuelta frente al espejo. Los guantes tenían que desaparecer. Después de todo, era el Baile de Medianoche de Lady Peddington. Eso significaba carne desnuda. Se quitó los guantes y los colocó sobre el respaldo del sofá.

Por fin estaba lista, tan lista como nunca lo estaría.

—Prepárese para quedar aturdido, duque de Hamilton. —Hizo un gesto altivo con la mano, se recogió las faldas, salió por la puerta y bajó las escaleras. Se detuvo en el vestíbulo de abajo, fuera del salón de baile.

Julieta había sido testigo por años de entradas escandalosamente grandes en el burdel. Una tentadora cantidad de piel, un seductor contoneo de caderas y una actitud diabólica eran los principales requisitos para una entrada exitosa. Con un último tirón hacia abajo de su sujetador, levantó la cabeza y se abalanzó hacia la puerta.

Pocas velas ardían, dejando los rincones del salón de baile envueltos en una oscuridad intencionada. Las chicas que bailaban el vals estaban estrechamente acunadas en los brazos de sus parejas. Reconoció a algunos de los hombres por los retratos que colgaban en la pared del estudio de su tía. Las tierras ancestrales del duque de Hamilton se encontraban al norte de Edimburgo, razón por la cual su retrato no colgaba en la pared. ¿Qué le había traído a Edimburgo? Su mala suerte, eso es. Su mirada se desvió hacia la mesa de refrescos que abrazaba la pared de la derecha. Ramilletes de flores primaverales rodeaban con gusto recipientes de plata con el ponche especial de medianoche de la tía Honoria.

Nadie se acercó a ella. Solo podía haber una razón para ello: el duque había advertido a todos los demás que no se acercaran. El hecho de que la hiciera esperar en la puerta lo decía todo. Era obviamente un hombre de mando, acostumbrado a salirse con la suya. Sin duda, las mujeres tropezaban con sus pies y bromeaban tras él. Su error. Un hombre de su poder vivía para la emoción de la conquista.

Bueno, era hora de verlo correr.

Con un movimiento orgulloso de la cabeza, Julieta giró sobre sus talones y salió de la habitación. Había dado tres pasos cuando unos fuertes dedos se cerraron alrededor de su brazo. Reprimió una sonrisa. Tan fácil de atrapar. Julieta se detuvo y, con el ceño fruncido, miró lentamente al hombre.

Por Dios, era guapo. Devastadoramente guapo. Llevaba el pelo castaño oscuro más largo de lo que dictaba la moda, pero le sentaba bien. La tela de su abrigo de terciopelo, de costosa confección, se extendía sobre los definidos músculos de su pecho.

Dejó caer una mirada lenta, imitando a las mejores chicas de Lady Afrodita en una audaz inspección de sus delgadas caderas y los ajustados calzones que abrazaban los musculosos muslos. Julieta se detuvo deliberadamente en su ingle antes de levantar la mirada hacia los detalles de su corbata anudada con pericia, su barbilla suavemente afeitada y la regia curva de sus labios. Su pulso se aceleró. No se había dado cuenta de lo acalorada que podía resultar la «Inspección de Lady Afrodita». Se sacudió la sensación y se concentró en su presa. No es de extrañar que las mujeres lo encontraran atractivo. Era todo un espécimen.

Finalmente, levantó las pestañas y encontró un par de ojos grises y muy divertidos.

—Tú debes ser la encantadora Julieta—dijo el duque con un barítono profundo—. Por favor, permítame presentarme. Soy Carrick Hamilton.

—Carrick—repitió ella su nombre en tono bajo y sensual, y lo agració con una leve inclinación de cabeza. Él no escuchó ningún «mi señor» o «su excelencia» escapar de los labios de ella.

—¿Bailamos?—Lentamente, deslizó sus dedos por el codo de ella y por su antebrazo desnudo antes de retirar la mano.

El simple gesto dejó un rastro de fuego a su paso. No importaba. Ella tenía una trampa que tender, un hombre al que mantener intrigado y desequilibrado.

Cuando él le ofreció el brazo y le indicó con la cabeza que se dirigiera a la puerta del salón de baile, ella se acercó a sus brazos con valentía—mucho más de lo que el decoro permitía—y murmuró:

—Preferiría bailar el vals aquí.

El placer bailó en los ojos de Carrick. La apretó tanto que los botones de su chaleco presionaron los suaves montículos de sus pechos cuando empezó a girar con ella en el pasillo poco iluminado. La flexión de los duros músculos contra su suavidad la sobresaltó. Los dedos de él bajaron hasta la cadera de ella. El calor irradiaba de su amplio pecho. Julieta dejó de lado la distracción. Tenía un juego que jugar.

—Me encantan los valses—afirmó Julieta en voz baja mientras lo miraba a través de su máscara veneciana.

—Por Dios, Stirling tenía razón—Su pecho vibró con una profunda risa—. Eres muy hermosa.

Era una apertura fácil. Había sido testigo de cómo las chicas de su madre hacían juegos de palabras provocativos en innumerables ocasiones, y convocó una sonrisa traviesa.   —¿Hermosa? La belleza es solo la cubierta del libro, ¿no es así? ¿No es lo que hay debajo más... interesante?—Puntuó la pregunta imitando el movimiento característico de la chica más popular de Lady Afrodita: un aleteo de las pestañas combinado con un lento y ondulante arco de la espalda.

El roce de sus pechos contra la sólida pared del musculoso pecho de él endureció sus pezones. Un choque de sensaciones le llegó directamente al corazón. Respiró con sobresalto.

El hombre la estudió con ojos encapuchados.

—Creo que serías un libro digno de ser leído, querida—Ejecutó un giro experto—. Tal vez, incluso más de una vez.

¿Tal vez? Eso olía a insulto.

—Me temo que estoy escrita en un idioma que no puedes entender—Ella mostró sus ojos.

Mientras hacia un peculiar movimiento de labios, deslizó lentamente un dedo por la columna vertebral de Julieta. Ella no pudo evitar el escalofrío de respuesta. Él lo sintió. No podía perdérselo. No con lo fuerte que la abrazaba.

Bajó la cabeza y le susurró al oído:

—Solo hay un lenguaje entre un hombre y una mujer, querida. Y sí, lo leo asombrosamente bien, en todas sus formas.

La situación no se desarrollaba como estaba previsto. El hombre obviamente conocía algunos trucos propios. Le habían enseñado que las insinuaciones sugestivas volvían a los hombres locos de deseo, pero no se había dado cuenta de que también funcionaban en sentido contrario. Cuando él volvió a hacerla girar, ella decidió que era hora de jugar a otro juego y se soltó con elegancia de sus brazos.

—¿A dónde vas?—Él se puso a su lado mientras ella se desplazaba hacia el salón de baile.

Julieta levantó la barbilla y lo miró con frialdad

—Tal vez, este libro no desea ser leído, Carrick.

Sus miradas se cruzaron. Ella no podía negar el fuerte tirón de la atracción esta vez. Obviamente, él también lo sintió.

Primero apartó la mirada y luego realizó una evaluación perezosa de su esbelta figura.

—Al contrario, querida, este libro está pidiendo ser explorado.

La lujuria en su rostro disparó el pulso de Julieta. No podía permitir que él se impusiera. Esto era un juego. Nada más. Curvó los labios en una sonrisa ambigua y se dio la vuelta.

Los músicos tocaron las primeras notas de otro vals cuando ella atravesó la puerta del salón de baile y se detuvo dentro.

Un hombre calvo surgió inmediatamente de las sombras cercanas y se inclinó.

—¿Me permite este?

—No, no puede—Carrick le puso una mano posesiva en la cintura.

Ella ocultó una sonrisa. Como era de esperar, como una marioneta de su cuerda, la había seguido.

El hombre se escabulló como un conejo asustado.

Esta vez, Carrick no pidió permiso. Con una gracia suave y elegante, la atrapó y la hizo girar sobre el suelo del salón de baile, encerrándola contra su poderoso cuerpo con una mano colocada en la parte baja de su espalda.

Durante unos largos momentos, ella se rindió al extraño deseo de amoldarse a él. Giraron bajo la brillante luz de las velas, sorteando con facilidad a las demás parejas de la pista de baile. Cuando giraron hacia un rincón oscuro, la mano de Carrick se deslizó por sus nalgas hasta que volvieron a salir a la luz.

Julieta se lo esperaba, pero en lugar de sentirse ofendida, se preguntó qué sentirían sus labios en su piel desnuda. De alguna manera, la idea no evocaba el mismo asco que le producía observar a la clientela del establecimiento de su madre.

—Un penique por tus pensamientos—las palabras susurradas bañaron su oído con un cálido aliento.

Su corazón latía rápidamente. ¿Podría acariciar su oreja? No lo hizo, por supuesto. El hombre era claramente un maestro de la seducción y, para su disgusto, había ganado la partida... hasta ahora. Pero no todo estaba perdido.

Julieta bajó las pestañas y, con una pequeña sonrisa traviesa, deslizó la punta de su lengua por la costura superior.

—Tal vez desearía haber bailado con el otro caballero.

¿Fue su imaginación o su brazo musculoso se estremeció? Era difícil saberlo. Los ojos grises que la miraban solo contenían una irónica diversión.

—Sin duda, si quisieras bailar con el caballero, lo estarías haciendo.

Una vez más, la hizo girar hacia un rincón oscuro y, esta vez, se detuvo y deslizó sus manos hacia abajo hasta que le tocó las nalgas. La excitación la recorrió mientras él ondulaba suavemente su dura longitud contra ella.

—Dime lo que deseas, Julieta—Le acarició la piel sensible bajo la oreja.

Su cuerpo la fascinaba. Le gustaba que su nombre sonara como una canción cuando él lo decía.

¿Qué deseaba? Su pregunta la sacó de repente de la bruma de la lujuria. Sabía lo que quería. No había pensado en otra cosa en los últimos tres años. Deseaba convertirse en modista, aunque no lo adivinaría quien la observara en las sombras del salón de baile con la verga endurecida de un hombre apretada contra su abdomen.

Esa constatación evocó una sonrisa perversa, incluso cuando el shock la recorrió. Había estado a punto de darle la razón a su tía. Era demasiado apasionada para su propio bien. Pero entonces... su sangre apasionada le había servido de mucho. Tenía al hombre justo donde lo quería: pensando con su verga.

Ahora, era el momento de jugar a las cartas, y, a juzgar por su gruesa erección, podría no necesitar hacer trampa.

Julieta se soltó de su abrazo. Él gimió y su sonrisa se amplió. Él se acercó a ella, pero ella evitó que la agarrara con un rápido paso lateral. Agitó la cabeza, se ajustó las cintas de su máscara y se dirigió a la sala de cartas, que se abría en el extremo del salón de baile.

No se preguntó si Carrick la seguía. Sabía que lo había hecho.

Las mesas de juego de la sala de cartas contaban con media docena de caballeros que bebían coñac y se sentaban en sillas verdes de felpa con las piernas abiertas. Los hombres se sentaron más erguidos cuando ella entró, pero los ignoró y se dirigió a una mesa en la esquina más oscura de la sala. Las sombras la ayudarían si el engaño resultaba necesario.

Julieta tomó asiento con la pared a su espalda y la puerta de frente. Carrick entró y se detuvo. Su corazón latía desbocado mientras escudriñaba la habitación. Ella se ajustó hábilmente las faldas, sacó las cartas que había metido en la bolsa oculta de la liga y las deslizó bajo el cojín del asiento cuando su mirada se posó en ella.

Con los ojos clavados en su rostro, cruzó la habitación.

—Acompáñame—le invitó en voz baja cuando llegó, y tomó la baraja que descansaba sobre la mesa—. Una partida de comercio, ¿quieres? Tres rondas.

—¿Qué apostamos?—Se sentó de lado en su asiento y estiró sus largas piernas.

Se le secó la garganta. Dios mío, el hombre sabía lo que hacía. La flagrante lujuria de sus ojos la tenía hipnotizada. Por primera vez en su vida, se le aceleró el pulso al pensar en un hombre tocando sus lugares más íntimos y chupando su tierna carne. Un calor húmedo se acumuló entre sus muslos.

Tardó un momento en recordar que le había hecho una pregunta. Julieta frunció el ceño. ¿Cómo había sucumbido a sus designios una vez más? La irritación se disparó. Inspiró para despejar la mente y dejó de mirar las cartas. Era el momento de voltear la partida con respecto a aquel hombre y a sus seductoras maneras.

Con una concentración deliberada, se inclinó hacia delante para ofrecerle una vista sin obstáculos del escote mientras abría las cartas en una línea y pasaba las yemas de los dedos sensualmente por los dorsos estampados y pintados de oro. Julieta reprimió una mueca. Se había bajado tanto el sujetador que solo podía esperar que sus pechos no se escaparan del vestido.

—¿Qué deberíamos apostar?—Preguntó con un pequeño jadeo de dolor, imitando el sonido que las chicas de su madre utilizaban para volver locos a los hombres. Siguió con la habitual succión de su labio inferior. Lentamente, dejó que su labio se arrastrara contra sus dientes, luego lo soltó y añadió:—Los caballeros primero.

Él la observó.

—Me gustaría verte... descubierta—Sus penetrantes ojos grises se dirigieron a su máscara antes de deslizarse hacia sus pechos.

El corazón de Julieta dio un vuelco y coqueteó con la idea de perder, pero solo por un momento. Recogió las cartas y cortó la baraja con un giro de una mano.

Sus ojos se iluminaron con aprecio.

—¿Y tu apuesta?

Era el momento de apilar la baraja. Para ello, necesitaba una distracción. Dejó caer sus ojos sobre su corbata y murmuró:

—Tu corbata. Yo... la... reclamaría.

—¿Tienes la costumbre de coleccionar corbatas de hombres?—Preguntó él en voz baja.

Ella le ofreció una sonrisa misteriosa y luego repartió la mano. Colocó la baraja a su derecha y buscó sus cartas. Él la agarró de la muñeca. Ella levantó la vista, sorprendida.

—Una ronda—exigió él con voz áspera.

¿Una ronda? Definitivamente tendría que hacer trampa.

—Muy bien—aceptó ella.

Julieta deslizó la palma de la mano sobre las cartas en una caricia de amante y, mientras su mirada rastreaba sus dedos, dejó caer la otra mano para recuperar los ases de debajo del cojín.

Su mirada pasó de los dedos que rozaban las cartas a su rostro. Su respiración se entrecorta cuando el fuego de sus ojos se intensifica. Volvió a respirar entrecortadamente y sintió que su sujetador iba a estallar. Él se movió en su asiento y los pezones de ella se agitaron. Él no podía ver sus pezones a través del corsé. Aun así, tuvo que someter sus temblorosos dedos cuando rozó rápidamente una palma sobre la otra, intercambiando hábilmente las cartas.

—¿Vamos?—Esta vez, solo se resignó a respirar entrecortadamente mientras golpeaba la mesa con los nudillos, indicando el momento de mostrar las cartas.

Los ojos grises de Carrick captaron y sostuvieron los de ella mientras colocaba lentamente sus cartas boca arriba sobre la mesa. Cuatro reyes. Ella parpadeó, con sus largas pestañas rozando su máscara. Había hecho trampa. Ella no había notado nada. Bueno, eso le enseñaría a vigilar al hombre. Con una sonrisa discreta, se levantó.

Levantó una ceja curiosa.

—No te muevas—le ordenó en tono bajo y gutural—. Voy a buscar mi premio.

La curiosidad cruzó su rostro mientras ella caminaba alrededor de la mesa, arrastrando un dedo por la mesa cubierta de lino. Se detuvo detrás de él. Olía a sándalo y a pura masculinidad y, maldita sea, la forma en que su abrigo se extendía sobre sus anchos hombros captó su atención con demasiada facilidad. Con el corazón palpitante, Julieta colocó los talones de las palmas de las manos en los anchos hombros de él y dejó que las cartas se deslizaran desde sus manos hasta su pecho. Dos de los ases aterrizaron boca arriba en sus muslos. Los otros dos aterrizaron en su entrepierna. Que Dios la ayude.

Su pecho musculoso subía y bajaba.

Lentamente, ella deslizó sus dedos alrededor de su cuello. Inclinó la cabeza hacia atrás contra la almohada de sus pechos y cerró los ojos. Julieta se estremeció. Inspiró profundamente. Tardó más de lo que esperaba en desatarle el corbatín—las chicas de Lady Afrodita hacían que pareciera tan fácil—, pero por fin lo hizo.

Con un sensual giro de la muñeca, liberó la seda y dio un paso atrás.

—Gracias, Carrick, por una noche tan agradable.

Se dio la vuelta y oyó la dura inhalación del aliento de él, seguida por el roce de su silla. Aceleró el paso cuando le siguieron sus pisadas, pero lo eludió escabulléndose entre las sombras, y luego dio un rápido giro a la derecha para salir por una puerta lateral y subir las escaleras de la servidumbre. Se alegró de irse. Los bailes de medianoche eran demasiado peligrosos, especialmente para muchachas como ella.

Capítulo cuatro

Embelesado

CARRICK SUBIÓ LAS ESCALERAS de dos en dos, y luego aspiró con fuerza cuando Julieta se desvaneció en la oscuridad como si fuera un fantasma. Redujo la velocidad. Se romperá el cuello si no tiene cuidado. Llegó al siguiente piso, donde la escasa luz de las velas del pasillo dio paso a la oscuridad total. Su corazón latía con fuerza. Por Dios, quería besarla. Nunca había jugado una partida de cartas más sensual. La forma en que ella había acariciado la baraja le hizo desear sentir esos delgados dedos alrededor de su verga. ¿Y la forma en que ella lo había provocado con su delicada y rosada lengua? Estaba decidido a saborear esos magníficos labios y devorarlos. Su cuerpo se tensó al pensar en ello.

Obviamente, ella lo había engañado con esos cuatro ases. Eso solo le hizo desearla más. La necesitaba, no, necesitaba conquistarla.

Volvió a bajar las escaleras y buscó en todos los rincones oscuros del salón de baile, exigiendo que se encendieran todas las velas y lámparas hasta que el lugar quedara bañado en una luz tan brillante como el día.

Como temía, ella había desaparecido de verdad.

Finalmente, le dijo a un camarero:

—Encuentra a Lady Peddington. Sácala de su cama, si es necesario. Debo hablar con ella de inmediato.

Lady Peddington no le dijo nada a Carrick, salvo que Julieta se había ido a Londres. Salió de la escuela en dirección a la casa de Stirling, luego se quedó a medio camino y se dio cuenta de que eran casi las tres de la mañana. Con una maldición, ordenó a su chófer que le llevara a casa.

A mediodía, llamó a la puerta de la casa de Stirling y le hicieron pasar al salón. Mientras se paseaba, una criada le trajo el té y, minutos después, Stirling entró en la habitación.

—Esta es una agradable sorpresa, Carrick— Estrechó la mano de Carrick—. ¿Té?   —Stirling se sentó en el diván.

—No—dijo Carrick.

Stirling frunció el ceño—Se te ve preocupado. ¿Sucede algo?

—Sospecho que sabes muy bien lo que pasa— dijo Carrick con frustración.

Stirling llenó una taza de té, luego se sentó y tomó un sorbo.

La sonrisa que Stirling no ocultó del todo le dijo a Carrick que tenía razón.

—¿Dónde puedo encontrarla?

—Por «ella», supongo que te refieres a la señorita Thatcher.

—Thatcher—Se tiró en una silla cercana—, Julieta Thatcher—Miró fijamente a Stirling—. ¿Qué sabes de ella?

—Recibí su retrato hace una semana y la reconocí de inmediato. La vi en una fiesta en una casa de Londres el año pasado.

—¿Qué quieres decir con que recibiste su retrato?—Preguntó Carrick.

—Una joven de la escuela de Lady Peddington me pidió ayuda. Mencionó que otras tres amigas se encontraban en la misma situación que ella, es decir, que no habían encontrado caballeros respetables como esposos.

Carrick se quedó mirando.

—¿Seguro? tú no crees que soy respetable.

—¿Qué es más respetable que un duque?— Stirling se rió—La muchacha es experta en hacer trampas con las cartas, ¿no te parece?

Carrick se rió—Es una víbora.

Stirling sonrió.

—Parece tu pareja perfecta.

—No si está buscando un marido—dijo Carrick—. Pero definitivamente no actuó como una muchacha que busca marido. La tomé por una cortesana.

—Eso es probablemente porque su madre es dueña de un establecimiento de caballeros muy popular en Londres.

Carrick parpadeó.

—No querrás decir...

Stirling asintió.

—Sí, es dueña de un burdel de lujo, la Casa del Placer de Lady Afrodita.

—¿Cómo, en nombre de Dios, acabó Julieta en casa de Lady Peddington?—Preguntó Carrick.

—Aspira a ser modista.

Carrick se quedó mirando.

—Estás bromeando.

Stirling se rió.

—No. Sin embargo, su madre tiene otras ideas.

Carrick estudió a su amigo.

—Parece que sabes mucho sobre ella.

Stirling asintió y tomó otro sorbo de té, luego dejó la taza sobre la mesa.

—Lady Peddington y yo somos viejos amigos. La madre de la señorita Thatcher pretende subastarla al mejor postor.

—Maldita sea—imprecó Carrick—. No hablas en serio. Dijiste que quería ser modista.

—También dije que su madre tiene otras ideas.

Carrick se puso en pie y se dirigió a la puerta.

—Londres es un largo viaje para cualquier mujer—comentó Stirling mientras Carrick se dirigía a la puerta.

—Julieta Thatcher no es una mujer cualquiera—Carrick llegó a la puerta y se detuvo para mirar a su viejo amigo—. Quedas advertido, todavía pienso cobrarte esa ruana—Con eso, salió de la habitación.

* * *

Tres días después, Carrick detuvo su caballo en una concurrida calle londinense y saludó a un hombre con el pelo prematuramente ralo, la nariz bulbosa y los ojos cerrados.

—¿Puede indicarme dónde está la Casa del Placer de Lady Afrodita?

El hombre sonrió.

—Sí, mi señor. A unos tres kilómetros por la carretera principal—Señaló el camino—. Gire por la calle con una casa de ladrillo y una puerta corta de hierro forjado. Luego toma el segundo callejón a la derecha, amigo. No tiene pérdida. Hay una alta puerta de hierro forjado delante de la casa y un cuadro de la diosa del amor en la ventana—Dudó y luego añadió:—Si me permite decirlo, pregunte por Lucy. Es una maravilla, esa sí.

Carrick dio las gracias al hombre y, media hora después, llegó a la estrecha callejuela. Una hilera de casas de piedra caliza gris abrazaba la calle, cada casa se parecía mucho a la anterior, pero como había dicho el hombre, solo un domicilio tenía un pequeño pero chillón cuadro de Afrodita apoyado en la ventana.

Carrick respiró con entusiasmo el aire fresco de la mañana. La había encontrado. La anticipación se enroscó en su vientre al desmontar. El día que se había tomado para cerrar sus negocios en Edimburgo, junto con el viaje de dos días a Londres, no había enfriado su ardor. En todo caso, deseaba a Julieta aún más que antes. Doblaría cualquier oferta ofrecida por otros caballeros, incluso si ella ya había firmado un contrato.

Él desmontó, ató su caballo al poste y atravesó la puerta de hierro forjado y subió el paseo. Acababa de salir al porche y levantó los nudillos para golpear la puerta cuando ésta se abrió para dejar ver a un caballero de pelo largo y corpulento con ropas de colores alegres.

—Mi señor, ¿en qué puedo servirle?

—He venido a hablar con la dueña de esta casa—le informó Carrick con frialdad.

—¿Quién debo decir que llama?

—El duque de Hamilton.

La puerta se abrió de par en par y él cruzó las miradas con una matrona de mediana edad de brillantes ojos verdes y pelo pelirrojo. Su cuerpo se había metido en un vestido rojo y escotado que resaltaba artísticamente sus curvas.

—Pase, Su Excelencia—La mujer hizo un gesto de barrido seguido de una reverencia baja que ofrecía una vista de pájaro de su amplio escote—. Soy Lady Afrodita, la dueña de este fino establecimiento.

Carrick se agachó bajo el dintel y entró.

Ella se dirigió al mayordomo y le dijo en voz baja:—Traiga los refrigerios de inmediato—y luego sonrió a Carrick—. Venga, mi señor. Por aquí.

Carrick la siguió por el pasillo, donde había más cuadros de Afrodita adornando las paredes, y pasó por una gran sala donde una joven vestida de satén y con cintas de colores descansaba en un sofá. Al pasar, la mujer levantó perezosamente su abanico y dejó caer coquetamente sus pestañas. Finalmente, entraron en un pequeño salón. Un gran retrato de Afrodita, pintado en dorado y carmesí, hacía juego con la tapicería del sofá bajo y la tumbona.

—Por favor, tome asiento, mi señor—Cerró la puerta—. Parece que ha tenido un largo viaje. ¿Le apetece un brandy?

Negó con la cabeza y se sentó.

—Estoy buscando a una Julieta Thatcher.

La sorpresa parpadeó en los ojos de Lady Afrodita, pero se recuperó rápidamente y dijo:

—¿Puedo preguntar por qué busca a nuestra encantadora Julieta?

¿Por qué? Ella había echado una red sobre él, ese era el motivo. Por primera vez en su vida, se esforzó por expresar las palabras que le rondaban por la cabeza.

—Tengo asuntos que discutir con ella.

—Nuestra Julieta no está aquí—dijo ella.

El alivio lo invadió. Era improbable que ella llegara antes que él y firmara un contrato con otro hombre tan rápidamente, pero la preocupación le había dado vueltas.

—Mejor aún—dijo—. Sin embargo, ella llegará pronto. Parece que me he adelantado al carruaje de Edimburgo.

—Ya veo—murmuró ella—. Tal vez podría ayudarle mejor si entendiera la naturaleza de sus... asuntos con Julieta.

La lujuria lo invadió.

—Vamos, señora, ninguno de nosotros es ingenuo. ¿Por qué otra cosa un hombre viajaría de Edimburgo a Londres por una mujer como Julieta?

Una mirada calculada apareció en los ojos de Lady Afrodita.

—¿Está interesado en nuestra Julieta?

—Sí, exclusivamente— dijo Carrington y se preguntó por enésima vez qué locura se había apoderado de él. Nunca había puesto semejante restricción a ninguna otra mujer—. Redacta el contrato que quiera—dijo—. El precio no importa. Que sea por un mes, quizá más.

Ella inclinó la cabeza.

—Julieta es mucho más que una simple dama de Afrodita, Alteza—Tras una larga pausa, añadió:—Es mi hija.

Él la atravesó con una mirada gélida.

—Una madre que pretendía subastar a su hija.

La mayoría de los hombres se retorcían bajo su mirada; la madre de Julieta se la devolvió imperturbable.

—Mi señor, seguramente, no condenará a una mujer por hacer lo mismo por lo que le está pagando.

—Julieta no es mi hija—respondió él.

—Cierto—Su mirada se agudizó—. Por lo tanto, me corresponde a mí asegurarme de que tenga una vida cómoda y segura a medida que envejece. Si conoce una forma mejor de que una mujer logre eso, estoy dispuesta a escuchar sus ideas.

La vergüenza se apoderó de él.

—Perdóneme, me he pasado de la raya.

Ella sonrió, y Carrick vio de dónde sacó Julieta su aguda mente.

—Está claro que usted es un hombre con un apetito saludable—dijo ella—. Justo el tipo de hombre que mi hija necesita. Me encargaré de que sea tratada con justicia. Y aunque Julieta es mi hija, también es una dama de esta casa, o lo será cuando conozca el toque de un hombre.

¿Después de conocer el toque de un hombre? Tardó un momento en comprender el significado a través de su bruma de agotamiento y lujuria. ¿Julieta era virgen? ¿Cómo? Parecía muy experimentada en el arte de seducir a un hombre. Una oleada de decepción lo recorrió. Había pensado en encontrar una dama experimentada en el placer, una entrenada para saciar su necesidad. Él no desfloraba vírgenes. Sin embargo, incluso mientras el pensamiento se agitaba en su cabeza, un hambre primitiva agitaba su alma. Julieta, con su voz sensual, sus misteriosos ojos azules y su larga cabellera dorada... Julieta podía ser suya y solo suya.

—Como la dama más codiciada de esta casa, el honor de tomar su virginidad ha alcanzado una suma principesca—decía la mujer.

Carrick salió de sus pensamientos. ¿La mujer más codiciada?—No—la palabra salió de su boca—. No habrá otra.

Una sonrisa triunfante curvó una esquina de la boca de Lady Afrodita.

La miró fijamente.

—Bien hecho, señora.

Ella inclinó la cabeza en señal de reconocimiento.

—Estamos de acuerdo entonces. Una mujer de su calidad requiere una casa y una asignación anual. No consideraré nada menos que un año.

—Redacte un contrato con sus exigencias y listo—pidió él.

Ella se levantó.

—Déjeme ir a buscar la pluma y el pergamino.

Ella salió por la puerta y él se echó hacia atrás para estirar los brazos a lo largo del respaldo del sofá. Necesitaba un baño y una buena noche de sueño. Carrick soltó un suspiro. Una virgen. Que Dios le ayude.

Un movimiento cerca de la puerta le llamó la atención y miró hacia ella cuando entró una mujer. La atractiva muchacha tenía largos rizos rubios y llevaba una camisa de tirantes lo suficientemente fina como para dejar entrever sus oscuras areolas y la mata de cabello en el vértice de sus muslos.

—¿Puedo ofrecerle algo mientras espera, mi señor?—Se le acercó moviendo las caderas de manera muy marcada—Soy Lucy.

Ah, la bella Lucy. Abrió la boca para despedirla, pero cambió de opinión. Ella tenía algo que él necesitaba. Desesperadamente. Golpeó con sus dedos el respaldo del sofá.

—Acompáñame.

Ella sonrió, se acomodó a su lado y buscó su entrepierna.

Él le sujetó la muñeca.

—No, muchacha, eso no—Colocó la mano de ella firmemente sobre su rodilla—. Simplemente quiero hablar, querida—Metió la mano en el chaleco, sacó varios billetes de una libra y se los puso en la mano. Tenía una amante a la que seducir—. Necesito que me digas todo lo que sabes sobre Julieta.

Capítulo cinco

De nuevo en casa

JULIET BOSTEZÓ Y ABRIÓ LOS OJOS. Estaba sentada en el carruaje, entre un hombre corpulento que olía a queso y una mujer agotada que viajaba con cuatro niños; criaturas, sospechaba Julieta, que habían sido engendradas en el infierno. Nunca había visto un grupo más revoltoso. A través de la ventanilla del carruaje, vislumbró la ciudad de Londres extendida en el horizonte. Por fin. Ya casi estaba en casa.

En el carruaje no había nada más que hacer sino pensar y, en su mayor parte, no había pensado en otra cosa más que en el Baile de Medianoche. No podía olvidar el cosquilleo de los dedos de Carrick al recorrer su piel, un toque tentador que había revivido una y otra vez durante todo el viaje. A decir verdad, había imaginado mucho, mucho más, pero con Londres a solo unos minutos de distancia, ya no podía permitirse fantasear con esos ojos grises ahumados. Le esperaban asuntos más urgentes. El más importante era una madre a la que burlar antes de que la mujer volviera a subastar su virginidad.

Muy pronto, el carruaje rodó por las calles empedradas de Londres y se detuvo en la posada King's Head. Julieta se entregó en los brazos acogedores de su madre.

—Me alegro mucho de verte, cariño—Su madre la abrazó antes de mantenerla a distancia—. Has perdido peso.

—Estoy bien, mamá—rió Julieta, inspeccionando a su vez a su madre.

Solo había pasado un año desde que se separaron. Su madre tenía el mismo aspecto de siempre, pechugona y agradable, con una nariz respingona, ojos verdes y pelo rojo. Julieta, con sus mechones oscuros y sus ojos azules, se parecía claramente a su padre, fuera quien fuera. Ni siquiera su madre estaba segura. Interrumpieron sus saludos y se hicieron a un lado cuando pasó una arrogante dama, con su criada a cuestas.

—Qué pretenciosa—Su madre puso los ojos en blanco cuando la joven se perdió de vista—. Me daría pena el hombre que se case con esa pobre alma, si no supiera que se presentaría en mi puerta como un cliente que paga bien—Se rió.

Julieta esbozó una sonrisa irónica mientras uno de los hombres contratados por su madre colocaba su baúl en la cama de un carro.

—Lleva el baúl hasta la casa—le ordenó su madre al hombre—. Julieta y yo iremos caminando. Tenemos que charlar.

¿Charlar? Julieta frunció los labios.

—Mamá, ¿tenemos que hablar de negocios tan pronto?

Los ojos de su madre se entrecerraron hasta convertirse en unas sagaces y calculadoras rendijas.

—Siempre es hora de hablar de negocios, Julieta. Especialmente ahora. He adelantado el baile una semana. Es esta noche. Temía que no llegaras a tiempo.

—¿Esta noche?—Repitió Julieta consternada. Estaba dolorida, rígida y cansada por el viaje, y necesitaba desesperadamente un baño.

—Todavía tienes unas horas—le aseguró su madre con una sonrisa y una cariñosa palmadita en la mejilla—. Eres joven. Te sentirás lo suficientemente ágil en poco tiempo. He colocado tu mesa de cartas en el salón y no debes olvidar ponerte la máscara.

Cartas. Eso fue un alivio. Al menos su madre no la había subastado, todavía.

—Bueno, mientras sea solo jugar a las cartas, mamá—cedió, pero, sin poder resistirse, añadió:— Pero realmente tenemos que hablar de mi carrera. Han pasado muchas cosas desde...

—Vamos, vamos, ya hablaremos más tarde—la interrumpió su madre con una sonrisa.

La sonrisa hizo que Julieta se detuviera en seco. Su madre respondía invariablemente a todas las insinuaciones de confección con teatralidad, ciertamente nunca con un amable "ya hablaremos luego".

—¿Qué has hecho?—Preguntó Julieta.

—¿Qué he hecho?—Su madre resopló, enlazó su brazo con el de Julieta y tiró de ella hacia la calle—Simplemente he dado la bienvenida a mi hija a casa. Eso es todo. Ahora no escatimes en aceites de baño y vístete lo mejor posible. Tenemos un baile esta noche: La Noche de las Maravillas de Lady Afrodita.

Lo último que Julieta quería era asistir a otro baile, pero al menos tenía un consuelo. Esta vez no tendría que lidiar con el desconcertante duque de

Hamilton. Con un largo y sonoro suspiro, siguió a su madre, preguntándose por qué ese pensamiento no conjuraba tanto alivio como debería.

* * *

Julieta recogió con una mano sus faldas de seda plateadas y de gasa, salió de su habitación y bajó las escaleras. Cortadas a la moda francesa de cuarenta años antes, las voluminosas faldas flotaban alrededor de sus tobillos, impidiéndole ver por dónde pisaba. Casi se pierde el último peldaño antes de llegar al suelo y entrar en el abarrotado salón de baile.

—Cuidado—le dijo su madre al llegar.

La Noche de las Maravillas de Lady Afrodita estaba en marcha. Remolinos de seda de colores y brillantes joyas de cristal saltaban a la vista de Julieta allá donde mirara mientras las chicas de Lady Afrodita, con sus activos a la vista, se mezclaban con la clientela.

Brenda se abalanzó sobre Julieta, la agarró del brazo y le señaló el salón.

—Tu mesa de juego está lista—Soltó una risita y dejó caer su mirada sobre el pecho de Julieta—. Pero está claro que tú no lo estás, amor. Baja ese vestido y muestra más carne—Brenda tiró del sujetador de Julieta. El borde de la tela se deslizó peligrosamente por encima de sus pezones—. Ya está—La chica asintió satisfecha mientras Julieta se colocaba la máscara en la cara—. Tus primeros clientes han llegado—Acompañó a Julieta al salón y la instó a entrar.

Julieta soltó un suspiro. No estaba de humor para jugar a las cartas con una pandilla de hombres acosadores. Echó un vistazo al salón. Alguien había decorado el manto y las mesas con elaboradas guirnaldas de hiedra y cardo, elegantemente atadas con cintas doradas. En las paredes había pedestales baratos de imitación griega con cestas de fruta y queso. Un fuego crepitaba en la rejilla detrás de una mesa de cartas cubierta de terciopelo blanco. Un hombre ya estaba allí, y varios más esperaban cerca. Julieta apenas les prestó atención mientras se acercaba con dificultad a su silla y, después de mullir el cojín, tomaba asiento con un golpe poco ceremonioso.

—¿Un juego de comercio para el caballero?— Preguntó. Luego, levantó la vista y se quedó helada.

Los ardientes ojos grises de Carrick Hamilton la miraban fijamente.

Capítulo seis

Lo que yace debajo

CARRICK OBSERVABA A JULIET. Llevaba la misma máscara veneciana de plumas blancas que había usaado tres noches atrás, y sus pechos casi se desbordaban por encima del sujetador de su delicioso y tentador vestido plateado. Su verga se endureció en señal de aprobación.

—Es un placer volver a verte, Julieta—dijo.

Los labios de ella, unos labios tan deliciosos, se separaron con sorpresa.

Otro hombre cruzó la habitación.

Carrick se sacudió del hechizo. Se levantó y se enfrentó a los otros hombres. Comerciantes y obreros, en su mayoría. Sabía cómo tratar con hombres de su clase.

—Caballeros, me gustaría tener algo de privacidad con la dama. Elijan entre las otras mujeres de aquí, a mi costa.

—Le pido perdón—dijo Julieta detrás de él.

—¿Perdón?—Repitió un hombre.

Dos hombres se pusieron en pie.

Otro resopló y abrió la boca para objetar.

Señaló la puerta con la cabeza.

—Dígale a la señora de la casa que envíe su factura al duque de Hamilton.

—¿Duque de Hamilton?—Dijo un hombre. Miró a Julieta—¿Es este hombre quien dice ser?

Ella permaneció muda.

Carrick imaginó que ella quería condenarlo a las partes más oscuras del infierno, pero mantuvo su atención en los hombres. Intercambiaron miradas entre ellos, luego se encogieron de hombros y salieron de la habitación.

Cuando la puerta se cerró tras ellos, Carrick volvió a mirar a Julieta. Su mirada se fijó en la insinuación de los pezones rosados que asomaban por su bata. Una oleada de calor le apretó la ingle. Tenía que mantener su dignidad. Una cosa era desear a una posible amante, y otra muy distinta era mirarla como a una vulgar zorra. Volvió a verla a la cara. Los ojos azules que le miraban a través de la máscara se habían estrechado.

—Me alegro de volver a verte—afirmó.

Ella permaneció en silencio.

—Seguro que no te sorprende verme después de lo que ocurrió entre nosotros en el Baile de Medianoche, Julieta.

Algo parpadeó en sus ojos, pero él no pudo leer su expresión a través de la maldita máscara. Ya estaba harto de esa cosa. Rodeó la mesa en dos pasos y agarró la cinta que sujetaba la máscara. Julieta se sacudió, pero él la agarró por el hombro con una mano y tiró del lazo con la otra. La máscara de satén blanco cayó al suelo.

Julieta se puso rígida.

Carrick se quedó sin aliento. Sabía que era hermosa—después de todo, la creación de seda no lo había ocultado todo—, pero desenmascarada... Unos ojos azules con forma de almendra le sostuvieron la mirada con una intensidad que hizo que su corazón martilleara. El cabello oscuro enmarcaba unos pómulos altos y una piel impecable. Comprendió bien cómo su madre había bautizado el establecimiento con el nombre de la diosa Afrodita. No pudo apartar la mirada.

—Eres hermosa—susurró.

Julieta parpadeó, con sus gruesas pestañas abanicando sus mejillas. Se movió, como si fuera a levantarse, pero él se giró y volvió a su silla.

—Un juego de comercio, ¿quieres?—Murmuró.

—No estoy en venta, Carrick—dijo ella en un feroz susurro—. No puedes simplemente tomar mi cuerpo.

—No lo pretendo, muchacha—dijo él.

Julieta resopló.

—¿Cómo me has encontrado? Sin duda mi tía me vendió. Honoria no sabe callar.

¿Tía? ¿Lady Peddington? Interesante.

—Tu tía no me dijo nada, salvo que habías vuelto a tu casa de Londres.

Su boca se estrechó.

—¿Por qué estás aquí?

Sacó el contrato del bolsillo interior de su chaleco. La alarma cruzó el rostro de Julieta cuando su mirada se posó en el pergamino. Con un tic tac de la boca, se lo arrebató de las manos y se quedó mirando las palabras.

Finalmente, dejó el papel sobre la mesa y se levantó.

—Debo hablar con mi madre.

Él se puso en pie y se interpuso en su camino.

—No te obligaré, Julieta. No soy esa clase de hombre.

—¿No me obligarás? Entonces, ¿qué es eso?— Ella señaló con un dedo el contrato.

—Eso es protección.

Los ojos que le miraban estaban llenos de sospecha.

—¿Protección? ¿De qué?

Estaban cerca, con los pechos de ella a escasos centímetros de los de él. El perfume de su pelo se arremolinaba a su alrededor.

—De mí—dijo él—. Este contrato garantiza que nunca harás nada que no quieras hacer.

El interés iluminó sus ojos.

—¿Eso incluye acostarme contigo?

Cuando él asintió, ella añadió:

—¿Qué ventaja tiene para ti ese contrato si no tengo intención de dejarte en mi cama?

—Tiempo—respondió él con sinceridad—. El contrato me hace ganar tiempo para seducir a mi señora.

Julieta se rio, un sonido plateado lleno de irónica diversión.

—Lo he visto todo en el burdel, Carrick. No hay ningún truco que no conozca.

Él sonrió.

—Entonces no tienes nada que perder y todo que ganar. Enviaré mi carruaje a buscarte por la mañana para llevarte a Lennoxlove House. Mi madre y mi hermana necesitan una modista.

Se puso rígida como un palo.

—En caso de que te muestres insensible a mis encantos—él esbozó una sonrisa—. Coser los vestidos de la duquesa viuda y de su hija contribuirá a consolidar tu reputación, ¿no es así?

Ella parpadeó.

—¿Es una especie de truco?

Él negó con la cabeza.

—Mi madre y mi hermana necesitan vestidos nuevos.

—¿Estarán allí?—Dijo ella, y luego añadió, como si hablara más para sí misma que para él—Eso está muy bien—Y él se dio cuenta de que se había equivocado. No tenía intención de que su madre y su hermana estuvieran en Lennoxlove House.

—A la duquesa viuda no le gustará que su hijo haya instalado a su amante como modista—dijo Julieta.

—No se quedará permanentemente.

—Yo tampoco—dijo Julieta—. Veo que el contrato permite una casa de campo a mi elección.

Inclinó la cabeza en señal de acuerdo.

—Incluso aquí, en Londres, si lo deseas.

Julieta lo miró fijamente.

—Te cansarás de mí antes del año estipulado en el contrato, sobre todo si te sigo rechazando.

Él agachó la cabeza hasta que sus labios casi tocaron su oreja. Ella se puso rígida, pero no se apartó.

—¿Debemos decir que tengo hasta el final del verano para... cortejarte?—Carrick se apartó lo suficiente como para ver su rostro.

Un brillo calculador—con una pizca de diversión—iluminó sus ojos azules.

—Si consigo resistir a tus encantos hasta el final del verano, cumples el contrato para el año: el dinero y una casa de campo.

Él asintió.

El brillo se oscureció.

—¿Coseré los vestidos de tu hermana y de tu madre?

—Sí—afirmó—.

—Hecho.

—Hecho—aceptó él antes de que ella pudiera retractarse.

—¿Y si pierdo?—Dijo ella.

Su corazón empezó a latir con fuerza.

—Si pierdes, querida, te tomaré.

Julieta se rió.

—¿Sellamos el acuerdo con un apretón de manos?—Extendió una mano.

Carrick la miró fijamente y envolvió la mano más pequeña de ella con la suya más grande. Se acercó un paso y la miró.

—¿Tienes el valor de cerrar el trato como es debido?

La comprensión apareció en el rostro de Julieta y sus ojos se entrecerraron. Ella le soltó la mano y, por un horrible instante, él temió haber calculado mal. Entonces ella le sujetó por la solapa y arrastró su boca hacia la suya.

En el momento en que sus labios se encontraron, la necesidad lo atravesó. Ella se puso rígida y Carrick se dio cuenta de que la había aplastado contra él. Aflojó el agarre y le tomó la cara con la mano derecha. La esperanza lo invadió cuando detectó un temblor en el cuerpo de ella. Su corazón se aceleró. No era tan insensible a él como creía. Que Dios le ayude, la deseaba mucho.

Ella no era una prostituta de la calle y esta sala de cartas no era un lugar para demostrar que podía complacerla. Maldita sea, aún no había firmado el contrato. Le dio un golpecito en la boca con la lengua. Su corazón tronó. ¿Le permitiría entrar?

Julieta abrió con un suave jadeo y él introdujo su lengua en el interior. Nunca había probado nada tan dulce.

El deseo enturbió sus pensamientos. Si calculaba mal sin un contrato firmado, ella podría mandarlo a paseo sin posibilidad de redimirse. ¿Cuándo fue la última vez que calculó mal con una mujer? ¿Cuándo había conocido a una mujer como Julieta Thatcher?

Carrick rompió el beso y apretó la mejilla de ella contra su pecho. Para su satisfacción, el corazón de ella latía tan rápido como el suyo. Ella lo resistiría durante el verano, ¿eh? Era tal y como él pensaba; los hombres de los que se había rodeado la habían tratado como a una de las putas de su madre.

Con una última respiración profunda, le dio un suave abrazo y luego se obligó a soltarla.

—Enviaré un carruaje a por ti por la mañana— Señaló con la cabeza el contrato que descansaba junto a la baraja—. Firma y acompáñame a Lennoxlove House—Se llevó la mano de ella a los labios y murmuró:—Hasta que nos volvamos a ver.

Carrick la dejó allí, de pie junto a la mesa.

Capítulo siete

Lennoxlove House

A LA MAÑANA SIGUIENTE, llegó el carruaje de CARRICK, un vehículo extraordinariamente grande con elaborados querubines dorados y ruedas de radios de roble aceitado. Unos lacayos vestidos de librea ataron el baúl de Julieta a la parte trasera antes de que ella entrara y se sentara en el asiento de terciopelo, con la cartera que contenía el contrato firmado pegada a su pecho. El carruaje se sacudió y su corazón dio un vuelco cuando se puso en marcha.

Julieta miró por la ventana la casa de su madre. Se habían despedido la noche anterior, pero vio a su madre en la ventana principal. Su madre levantó una mano que sujetaba un pañuelo. A Julieta se le formó un esperado nudo en la garganta y saludó con la mano en el instante en que el carruaje dejó atrás a su madre. Julieta se desplomó contra el cojín. Estaba siendo tonta. Vería a su madre al final del verano, quizá antes, si los rumores sobre el duque eran ciertos.

Un hombre como él se cansaría rápidamente de una mujer que no se desmayara cada vez que entrara en una habitación. Maldita sea, casi se desmayó cuando lo besó ayer. ¿Qué le había pasado? El diablo, eso es. Hizo una mueca. ¿Tenía razón Honoria, se le calentaba la sangre? No. Era mucho peor que eso. Por mucho que quisiera negarlo, el hombre la fascinaba.

Los días transcurrieron. Después de seis días de viaje, el carruaje atravesó la ciudad comercial de

Haddington y se desvió de la carretera principal hacia la larga calzada de la finca escocesa del duque de Hamilton.

Con una creciente sensación de inquietud, Julieta observó los imponentes pinos hasta que se separaron y un magnífico castillo construido con piedra de color miel y rosa apareció lentamente a la vista. El estandarte de Hamilton ondeaba al viento sobre una torre de piedra. Los pintorescos jardines y el césped se deslizaban junto a las ventanas del carruaje.

El carruaje se detuvo y se inclinó hacia un lado. Cuando el lacayo abrió la puerta, Julieta se agarró a su cartera y le permitió bajarla. Bajó a un camino de grava y respiró profundamente el aire fresco y perfumado de los pinos. El viento soplaba entre las copas de los árboles, recordándole el sordo y lejano rugido del océano.

—¿Señorita Julieta?—Llamó una voz femenina.

Julieta se volvió hacia la puerta principal del castillo, donde una doncella de cara pecosa se balanceaba en el escalón, instándola a avanzar con un gesto de la mano.

—Dese prisa, señorita—La criada sonrió—. La duquesa viuda ha pedido verla de inmediato.

¿La duquesa viuda?

Julieta se apresuró hacia la puerta y siguió a la doncella a través de la entrada de losa y subiendo las amplias escaleras con sus barandillas de nogal ornamentadas. Que el cielo la ayude, no estaba segura de si debía sentirse aliviada o preocupada de que la madre de Carrick quisiera verla inmediatamente. La presencia de la viuda en

Lennoxlove garantizaría que Carrick se comportara según esperaba. Se había preguntado cientos de veces por qué la invitaba a la misma casa que compartía con su madre y su hermana. ¿Tan poco le importaban los convencionalismos? Dijo que la cortejaría. Un temblor la recorrió como cada vez que recordaba sus palabras. Un hombre no «corteja» a su amante.

Salió de sus pensamientos cuando la sirvienta entró en una habitación a la derecha.

El salón estaba pintado de un amarillo suave y alegre, y el suelo estaba cubierto por una alfombra roja y dorada. El sol de la tarde inundaba la habitación a través de los grandes ventanales que abarcaban la pared. Una joven de pelo rubio estaba sentada en un sillón de brocado dorado con los ojos entrecerrados en un libro. Levantó la vista.

—Tú debes ser Julieta—le dijo una mujer desde el lado izquierdo de la habitación.

Julieta se giró cuando la duquesa viuda entró por una segunda puerta en la que no había reparado. Era una mujer alta, de unos cincuenta años, con ojos azul pálido y el pelo rubio recogido en elegantes tirabuzones solo ligeramente salpicados de canas.

—Mi señora—Julieta hizo una reverencia baja.

—Carrick ha estado cantando tus alabanzas, querida—la mujer la saludó amablemente mientras atravesaba la habitación—. Mi hija y yo estamos muy entusiasmadas con la perspectiva de nuevos vestidos. Debo decir que el vestido que llevas es simplemente impresionante. ¿Es uno de los tuyos?

Julieta dejó caer la mirada hacia su vestido de mañana, un vestido bastante sencillo que había decorado con costuras elegantemente elaboradas por encima de la cintura.

—Pues sí, mi señora—Sonrió.

—Es precioso—exclamó la duquesa viuda—. Si tus otras creaciones se parecen, sospecho que marcaremos el ritmo de la moda. Carrick me ha dicho que acabas de graduarte en la Escuela de Señoritas de Lady Peddington.

—Así es, señora—dijo Julieta.

La viuda asintió con aire de negocios.

—Es alentador escuchar que algunas de las jóvenes de hoy en día todavía valoran una buena educación.

Julieta se sintió aliviada. Como esperaba, asistir a la escuela de la tía Honey había sido una decisión acertada.

—Pero puedes contarnos más sobre eso después. Debes estar cansada de tu viaje—La viuda se volvió hacia su hija y dio una palmada—. Catherine, por favor, acompaña a Julieta a su habitación.

La niña se puso en pie de un salto, obviamente encantada de dejar su libro.

—Por favor, sígueme—Le lanzó a Julieta una amplia sonrisa por encima del hombro y salió corriendo hacia el pasillo.

Tras hacer otra reverencia, Julieta la siguió. Caminaron por el pasillo y subieron otro tramo de escaleras.

—Esta es una de mis habitaciones favoritas— dijo Catherine mientras se detenía ante una puerta con paneles de roble y la abría.

Julieta entró en el dormitorio. Una fina alfombra dorada cubría casi todo el suelo. En una de las paredes había una cómoda ornamentada y en la de enfrente una cama de cuatro postes con cortinas de terciopelo rojo. La habitación era impresionante, pero Julieta solo tenía ojos para la vista más allá del balcón, visible a través de las puertas francesas abiertas. Con una sonrisa, dejó su mochila sobre la cama y se dirigió al balcón.

—Es tan bonito—Julieta se apoyó en la barandilla de hierro forjado y contempló la belleza de los jardines, los bosques verdes y las colinas. Nunca había soñado que podría dormir en un lugar tan bonito.

—Sí, preciosa—la profunda voz de Carrick la sobresaltó.

Julieta se giró.

Estaba de pie, alto y delgado, con una camisa blanca, pantalones oscuros y botas de montar de cuero negro. Que los santos la ayuden, había olvidado lo guapo que era. Su corazón latió un poco más rápido.

—Veo que has hecho el viaje a salvo y a tiempo—Miró a su joven hermana y añadió:—Catherine, tráele a Julieta un refresco, por favor.

Cuando su hermana salió a paso obligado por la puerta, se enfrentó de nuevo a Julieta.

—Creo que tienes algo para mí—Sus ojos grises brillaron con diversión—. ¿Un contrato, quizás?

El contrato. Ella había firmado y modificado el acuerdo, añadiendo su apuesta al final. Julieta se dirigió a su cartera y rebuscó en ella. Sus dedos se engancharon en los suaves pliegues de la corbata que ella le había ganado en el Baile de Medianoche.

Ahogó un resoplido y la apartó para sacar el pergamino doblado que había debajo.

—Solo hasta el final del verano—dijo, extendiendo el papel hacia él.

Él se acercó a su lado y le quitó el contrato. Se acercó. Demasiado cerca. Julieta frunció el ceño. El hombre infernal prácticamente se alzaba sobre ella mientras desdoblaba el papel, examinaba su contenido y lo guardaba en el bolsillo de la chaqueta. La comisura de la boca se torció hacia arriba.

La expresión de suficiencia de Carrick le hizo fruncir el ceño y le hizo un gesto con un dedo para que se acercara. Él inclinó la cabeza tan cerca que por un momento su calor la distrajo, pero solo por un momento.

—Nunca seré tu amante.

Echó la cabeza hacia atrás y se rio, y luego le dio un beso en la parte superior de la oreja.

Maldita sea, pero su aliento caliente en la oreja le hizo palpitar el corazón.

Con un guiño, se inclinó.

—Tengo asuntos urgentes. Si me disculpas.

Julieta observó sus delgadas caderas mientras se marchaba. Puso los ojos en blanco y recogió su cartera, luego sacó la corbata de Carrick. Es extraño lo mucho que la pequeña tira de seda había cambiado su vida.

Los lacayos entraron con su baúl y lo colocaron donde ella les indicó. En cuanto se marcharon, se puso a deshacer el equipaje. Acababa de sacar su cesta de costura cuando Catherine volvió con una bandeja de tostadas, té y fruta.

—Vaya, ¿eso es una corbata?—Preguntó la chica después de dejar la bandeja en una mesita cerca de la cama.

Julieta echó un vistazo y lo tomó de la mano extendida de la chica.

—No es nada—aseguró rápidamente—. Nada en absoluto.

Sus mejillas se calentaron mientras se daba la vuelta y metía la corbata en el cesto de la costura.

¿Nada? Si no era nada, ¿por qué se sonrojaba como una tonta?

Capítulo ocho

Inolvidable

NUNCA ANTES UNA mujer se había metido tan profundamente en la piel de Carrick. Eso ya era bastante extraño, pero aún más, nunca antes había recordado los detalles del rostro de una mujer después de haber estado alejado de ella durante días. ¿Pero el de Julieta? Sus rasgos ardían en su mente con todo lujo de detalles, desde sus pestañas oscuras hasta la ligera línea de preocupación entre sus cejas, pasando por la curva de sus labios. No podía olvidarla. Solo tenía que cerrar los ojos y una visión de su pelo dorado y de sus ojos azules y risueños le bailaba en la mente. Por fin estaba aquí, y pronto sería suya. Bajó las escaleras hasta el salón de su madre.

—Mi querido muchacho—Ella levantó la vista de un libro cuando él entró—. Siéntate. Señaló con la cabeza la silla junto al sofá—. Es hora de que hablemos de tu matrimonio.

¿Matrimonio? Carrick se sentó en la silla indicada.

—Ya es hora de que te cases—Marcó cuidadosamente la página del libro que había estado leyendo y lo dejó a un lado—. Debo recordarte que tienes un deber con la hacienda.

Carrick estiró sus largas piernas. Ya había escuchado esto muchas veces. Una criada entró con té y permanecieron en silencio mientras ella ponía la bandeja en la mesa ante ellos, luego llenó dos tazas y se fue.

—He tomado el asunto en mis manos—Su madre levantó la taza de té y dio un sorbo.

Él se tensó. ¿Tomar el asunto en sus manos?

—He invitado a una selección de jóvenes a una serie de cenas este mes—afirmó—.

Carrick se puso en pie.

—Te equivocas si crees que voy a ser emboscado por una turba de mujeres insulsas y ávidas de títulos. Se dirigió a la puerta.

—¡Carrick, espera!—Dejó la taza de té en su platillo con un estruendo.

—No hay necesidad de preocuparse, señora. Pronto tendrá a su nieto—le espetó, y salió de la habitación.

Se detuvo a mitad del pasillo. ¿Nieto? ¿De dónde había salido eso? Maldita sea, su madre eligió un buen momento para hacer desfilar a las mujeres por Lennoxlove House. No tenía tiempo para preocuparse de posibles esposas. Tenía una amante a la que seducir.

Capítulo nueve

Hecho para el placer

LA NOCHE SIGUIENTE, CUANDO observó, desde la ventana del cuarto de costura, que el quinto carruaje llegaba a Lennoxlove House y que de él salía una hermosa joven acompañada de una cariñosa mamá o quizá de una tía, Julieta se dio cuenta de que el duque de Hamilton estaba a la caza de una esposa. La pregunta de por qué contrataba una amante mientras buscaba activamente una esposa surgió con la respuesta a flor de piel: era un hombre.

A la mañana siguiente, el bullicio en la cocina le dijo a Julieta que la noche prometía más de lo mismo. Se armó de valor contra la ridícula decepción que rondaba la superficie, giró sobre sus talones y se dirigió a otro largo día en la sala de costura. Se deslizó por el pasillo, llegó a las escaleras de los criados, dio cuatro pasos y se detuvo. La risa masculina que llegaba por el pasillo ya le resultaba demasiado familiar: Carrick.

Se apresuró a volver a la cocina, cruzó a la despensa y llegó a la puerta lateral segundos después.

—Buenos días, señoras.

Se congeló al oír la voz de Carrick en la cocina.

—¿Alguien ha visto a Julieta?

No esperó a que el personal le informara, sino que se apresuró a salir por la puerta y a bordear la pared. Su corazón latía con fuerza. Podía dar la vuelta a las escaleras delanteras y entrar, y luego volver a su habitación. No, Carrick la encontraría allí en un instante. ¿Qué podría querer con ella cuando tenía tantas mujeres hermosas compitiendo por su atención?

Es un hombre, fue la respuesta, una vez más.

Julieta miró al cielo. Unas nubes grisáceas se deslizaban por la extensión azul claro. Podría llover, pero no hasta dentro de un rato. Salió hacia el este, hacia los establos. Un paseo matutino para despejarse era justo lo que necesitaba. Y Carrick no te encontrará, dijo una pequeña voz. Suspiró. Este iba a ser un día largo... y un verano aún más largo.

Cuando la risa de Carrick se filtró por la ventana, Julieta dejó de enhebrar su aguja y se asomó a la ventana. Allí estaba de nuevo, por tercer día consecutivo, ayudando a otra dama bien vestida a bajar de su carruaje en el camino de abajo. La morena llevaba un costoso vestido de seda azul con un sujetador bordado lo suficientemente bajo como para dejar al descubierto los cremosos montículos blancos de sus pechos. Julieta frunció el ceño. No era de extrañar que pareciera tan complacido. Con su altura superior, la morena ofrecía una vista bastante amplia de su sujetador. Una inesperada punzada de celos recorrió a Julieta y frunció el ceño hasta que Carrick desapareció de su vista. Con un resoplido de exasperación, volvió a su costura.

Habían pasado tres días desde su llegada a Lennoxlove House. Su estancia no había sido en absoluto lo que ella esperaba. Después de su interés inicial, Carrick había desaparecido de su vida. No debería sorprenderse. Después de todo, ella había predicho que no mantendría su interés. Luego estaba el montón de mujeres desfilando por la finca. Pelirrojas, rubias, morenas. No le faltaba variedad.

Se pinchó el dedo con la aguja. Se sacudió y se limpió la sangre con un fragmento de tela cortada, asombrada por el estallido de celos.

—A trabajar—Inclinó la cabeza sobre los metros de tafetán color melocotón destinados a convertirse en el vestido finamente cosido de Catherine.

El día transcurrió lentamente. Llegó la hora de la cena y, mientras el tintineo plateado de la risa de una mujer flotaba a través de su ventana, Julieta decidió que ya había tenido suficiente por ese día. Era hora de despejar su mente, y no podía hacerlo cuando una sinfonía continua de chillidos femeninos asaltaba sus oídos.

Dejó a un lado la costura y bajó las escaleras con la intención de escapar a la tranquilidad de los jardines. En el momento en que entró en el aire fresco de la tarde, su estado de ánimo se levantó. Respiró profundamente para tranquilizarse. El crepúsculo se extendía en azules oscuros por el cielo y la luna llena colgaba baja en el este. Más adelante, una fuente de piedra con una inmensa estatua del dios griego Apolo se encontraba cerca de un atractivo banco de piedra. Entró en el sendero del jardín, se dirigió a la fuente y llegó a los altos setos cuando unas pisadas rasparon la grava detrás de ella. Julieta se giró con un grito ahogado cuando Carrick la agarró por el hombro.

—Perdóname—sus palabras murmuradas le provocaron un escalofrío.

El hombre parecía un dios griego con sus pantalones oscuros y, que el cielo la ayudara, sin chaleco. Llevaba desabrochados los dos primeros botones de la camisa, sorprendentemente blanca, y el corbatín azul oscuro colgaba desatado del cuello. La visión de la carne bronceada que se veía en la V abierta de la camisa hizo que una ola de calor corriera por sus venas.

La picardía iluminó sus ojos.

—Hace calor —explicó él sin reparos, y ella se dio cuenta de que lo estaba mirando con ganas y de que él la había pillado. Él sonrió—. No dudes en quitarte el vestido, querida. El aire de la noche te refrescará la piel.

Julieta parpadeó antes de darse cuenta de que estaba coqueteando. Así que, después de todo, no había perdido el interés por ella. El hecho de saberlo la alegró mucho más de lo que debería. Le miró con las pestañas bajas, preparada para responder, pero se quedó helada cuando él le rozó el labio inferior con el pulgar y la respuesta ingeniosa se desvaneció.

—Te has estado escondiendo—acusó él con voz ronca antes de dejar caer la mano.

Un grito de risa emanó de las ventanas abiertas del comedor en el extremo más alejado del césped.

El temperamento de Julieta se encendió.

—¿Cómo vas a saberlo? Has estado ocupado día y noche con tus invitadas.

Los ojos de Carrick se abrieron de par en par, sorprendidos. Sus labios se curvaron en seca diversión y ella se dio cuenta de su error.

—He metido la pata con mi señora, ¿no es así?—Preguntó.

Ella entrecerró los ojos.

—Yo no soy...

—Es cosa de mi madre, muchacha—interrumpió él alegremente, y le dio un golpe en la barbilla—. Invitó a un grupo de bellezas con la esperanza de que una de ellas me llamara la atención. Está decidida a verme casado antes de que termine el verano.

¿Permitió que su madre le buscara una esposa mientras su amante estaba en la residencia? Ella entendió todo. No se había acostado con ella, pero eso no importaba. Ella era su amante. La había perseguido desde Edimburgo hasta Londres. Ella no había esperado palabras dulces o amor. De hecho, si él la enviaba a casa con el dinero prometido y la casa de campo según su acuerdo, estaría satisfecha. Pero había algo desesperadamente triste en lo poco que había llegado a significar para él en menos de una semana. Era una tonta. Nunca había significado nada para él. ¿Por qué iba a hacerlo? No era una dama elegante como las que él entretenía.

Julieta frunció los labios. Menos mal que había decidido convertirse en modista. Estaba claro que era una amante terrible.

—Perdone mi intromisión—Comenzó a rodearlo.

Él se hizo a un lado y le bloqueó el paso.

—Sí, sé que soy un pícaro incorregible, muchacha, pero no he tocado a ninguna de ellas. Pescados fríos, todos.

¿Por qué le gustaba eso? Pero en voz alta, respondió con pertinacia:

—Pueden ser peces, pero son peces de raza.

—No quiero que mis hijos nazcan con aletas o colas—dijo con una vehemencia que la sobresaltó—

. Mi madre tiene razón, ya debería haberme casado y asegurado la sucesión. Pero, lo confieso, creo que al menos debería querer acostarme con mi mujer.

—Hay que sufrir por el deber—dijo ella secamente.

Él lanzó un suspiro.

—Sí, solo puedo soñar con encontrar placer y deber en la misma mujer.

Era un pensamiento tan escandaloso para un hombre de su posición que la hizo reír.

—No había pensado en ti como un soñador.

Él enarcó una ceja.

—Entonces, ¿has estado pensando en mí?

La intensidad de sus ojos grises la hizo apartar la mirada. Un movimiento a la derecha atrajo su atención.

Carrick la agarró del brazo y la arrastró detrás de los setos.

—Esa es mi madre—contestó.

Julieta palideció.

—Cielos—susurró. Alienar a la viuda era lo último que quería. Se soltó de él y vio que miraba a través de los arbustos a la figura que estaba en la puerta abierta.

—Eso explicaría por qué eligió este momento para hacer su campaña—murmuró él.

—¿Qué?—Dijo Julieta.

Sus rasgos se endurecieron.

—Ven conmigo—La tomó de la mano.

—¿Perdón?—Ella empezó a soltarse, pero él entrelazó sus dedos con los de ella y tiró de ella alrededor de los setos.

—¿Estás loco?—Para su alivio, la duquesa viuda ya no estaba en la puerta. Aun así, dijo:

—A tu madre no le gustará que su modista se una a la fiesta que ha organizado para encontrarte una esposa.

—Seguro que cotillean lo que estábamos haciendo en el jardín, sin compañía, durante una hora o más—dijo él con una sonrisa traviesa.

Julieta soltó una carcajada.

Carrick se detuvo.

—Mi comentario fue ingenioso, pero no hasta ese punto. ¿Qué es lo que te hace tanta gracia?

—¿Una hora?—No pudo reprimir una risita—. Te halagas a ti mismo. Por lo que sé de los hombres, el acto dura solo unos minutos.

Le pellizcó la nariz.

—Entonces te espera una maravillosa sorpresa, cariño.

Julieta puso los ojos en blanco.

—Solo los viejos y los enfermos tardan tanto.

—¿Me estás llamando impotente?—Le preguntó con voz atónita.

—Te estoy llamando desinformado—respondió ella con descaro.

—¿Desinformado?

Carrick la miró fijamente y Julieta se dio cuenta de su error. Retrocedió un paso, pero él la empujó hacia atrás. Ella negó con la cabeza. Una pequeña sonrisa se dibujó en su boca mientras la acercaba, centímetro a centímetro. Ella clavó sus talones y a él la sonrisa le llegó a los ojos para cuando ella lo alcanzó.

—Carrick—Ella pretendía reprenderlo, pero su nombre salió como un simple susurro.

Su mirada se agudizó. Deslizó un brazo alrededor de su cintura y rozó la curva de sus nalgas hasta tocar su trasero. Ella no podía apartar los ojos de los suyos mientras él empujaba lentamente sus caderas contra ella. Su erección era inconfundible. Él se inclinó y a ella se le secó la boca cuando sus cálidos labios rozaron su mejilla. Le deslizó besos húmedos por el cuello. Julieta se estremeció cuando le pasó la lengua por la clavícula.

La necesidad palpitaba en el vértice de sus muslos. La mano en sus nalgas rozó su cintura, su hombro y luego su cuello. Clavó los dedos en el pelo atado en un moño apretado. Su corazón retumbó. Él apretó los mechones y tiró con firmeza de la cabeza de ella hacia atrás, dejando al descubierto su cuello y -que Dios la ayudara- el aumento de la carne expuesta por encima del sujetador, ahora caliente contra el aire de la tarde que de repente parecía casi frío.

Su pulso se aceleró ante la expectativa de que su boca se deslizara hacia abajo. ¿Metería la lengua entre el sujetador y la carne y le acariciaría los pezones? Que Dios la ayude, sus pezones estaban tan duros que le dolían.

—Puedo complacerte—murmuró él contra su piel.

Su cabeza se tambaleó. Santos del cielo, si él no hacía nada más que besar su pecho en ese instante, ella se avergonzaría de gritar su nombre. Nunca había deseado a un hombre así... nunca había necesitado su contacto. Se arqueó hacia él.

Él soltó una carcajada.

—Pronto, cariño, te lo prometo.

Retrocedió bruscamente. Ella se tambaleó hacia delante. Él la agarró del brazo y la sostuvo. Julieta lo miró y frunció el ceño.

Carrick levantó una ceja.

—¿Con que desinformado, no?—Con una carcajada, giró y se alejó.

* * *

Julieta sabía que debió haberse ido a la cama. La viuda no esperaba que trabajara hasta la noche, pero temía a dónde irían sus pensamientos sin nada que los ocupara. Carrick. Ahora entendía su reputación. También entendía su confianza. El hombre era realmente irresistible... peligroso. Él la había besado una vez en los días transcurridos desde su llegada y su determinación ya había decaído.

¿Podría aguantar el verano? ¿Y si no se resistía a él? La vergüenza la invadió. Era una mujer normal, había experimentado el deseo. Así había sido hacía mucho tiempo, cuando era muy joven, mucho antes de ver a tantos hombres ir y venir del burdel de su madre. Algunos eran hombres que amaban a sus esposas, pero pocos eran fieles. La pasión simplemente no valía la pena por la falta de confianza. Levantó la vista del dobladillo que estaba cosiendo y buscó el reloj de la chimenea. 9:30. Terminaría este dobladillo y dejaría de coser por la noche. Mañana sería otro largo día.

Se oyeron pasos en el pasillo frente a su puerta. Julieta levantó la vista cuando se abrió la puerta y entró Carrick con una gran cesta en la mano.

—Sabía que te encontraría aquí, todavía trabajando—Se detuvo frente a ella y levantó la cesta—. Vengo con regalos—Julieta frunció el ceño y él añadió:—La cena.

—Ya he comido—dijo ella.

—Pan y queso, tal vez un poco de té, sin duda— Él levantó una ceja.

Ella entrecerró los ojos.

—Te crees muy listo, ¿verdad?

Él sonrió.

—Sí, así es—La tomó de la mano y ella tuvo el tiempo justo de apartar el vestido mientras él la ponía en pie—. Ven—Se dirigió hacia el balcón.

—Carrick, realmente debo terminar este dobladillo antes de ir a la cama.

—Más tarde—dijo él. Llegaron al balcón y él abrió las puertas, luego dejó la cesta en el suelo y sacó una manta a cuadros. Salió al balcón, sacudió la tela y la dejó en el suelo—. Toma la cesta y tráela aquí—le indicó.

Con un suspiro, Julieta recogió la cesta y la llevó al balcón. Las nubes se movían lentamente por un cielo plagado de estrellas. Tenía que admitir que era una noche preciosa. Carrick la tomó de la mano y la sostuvo mientras se hundía en la tela escocesa, luego se sentó a su lado y sacó de la cesta una botella de vino, un paño envuelto, que abrió para revelar pasteles de arándanos, y un plato con un paño encima, que contenía pollo frío. Queso, por supuesto, junto con dos platos, dos vasos y cubiertos.

—Esto es un festín—afirmó ella.

—Un festín para dos—replicó él.

—¿Y tus invitadas?—Dijo ella.

Él negó con la cabeza.

—Están demasiado ocupadas admirando los vestidos y peinados de las demás como para echarme de menos.

Ella sabía que eso era falso, pero no pudo evitar una mueca.

—Tienes mis simpatías.

Él se rió, luego llenó un plato, que le pasó a ella. Después sirvió vino en ambas copas antes de llenar su propio plato.

Julieta dio el primer bocado.

—Este pollo está muy bueno.

—La señora Allenby es una excelente cocinera—respondió él, tomando un buen trago de vino—. ¿Qué estás cosiendo?

—Un vestido de día para tu madre. Ella ya tenía la tela. Una hermosa muselina amarillo canario.

—El amarillo es su color favorito—dijo él.

Sorprendida de encontrarse tan hambrienta, Julieta se dispuso a comer su pollo y a regarlo con el vino.

—¿Cómo se lo tomó tu madre cuando te fuiste?—Preguntó Carrick.

Julieta le lanzó una mirada seca.

—Estaba muy contenta, como debes saber. Le pagaste una buena suma.

Él esbozó una pequeña sonrisa.

—Es una hábil negociadora.

—No es la primera vez que me vende.

La miró con dureza.

—Me dijo que eras...

Julieta levantó una ceja.

—¿Una virgen?—La ira le apuñaló—. Ya veo. Quieres una virgen para desflorar—¿Por qué no se le había ocurrido?

Él sacudió la cabeza.

—No, yo no...—Hizo una pausa—El contrato no tenía nada que ver con que fueras o no virgen. Tu madre dijo que no habías sido tocada. Simplemente me sorprende que haya mentido.

—La gente miente todo el tiempo—Julieta le miró—. Si crees que te han engañado, volveré a casa y no te pediré nada más.

Él se quedó mirándola un momento, y luego una lenta sonrisa se dibujó en su rostro.

—Tengo hasta el final del verano para seducirte. Eso es lo que pienso hacer.

—¿Aunque sea una propiedad usada?

Su sonrisa desapareció.

—No eres una propiedad. ¿Es eso lo que crees que pienso de ti?

Estaba realmente ofendido.

—No—respondió ella en voz baja.

Él se le quedó mirando durante otro latido, como si no estuviera seguro, y luego dijo:

—Le habría hecho la misma oferta a tu madre tanto si creyera que eres virgen como si no—Su mirada se intensificó—. Quiero que lo sepas.

Un poco de culpa la apuñaló, pero solo un poco.

—Pues mi madre no mintió.

Él parpadeó.

—Entonces, ¿mentiste?

—No. Solo dije que mi madre me había vendido una vez. Nunca dije que me habían... utilizado.

—Me permitiste creer que habías perdido la virginidad.

Ella se encogió de hombros.

—A veces la gente simplemente omite algo.

Él echó la cabeza hacia atrás y se rio.

—Ya veo que voy a tener que andar con mucho cuidado contigo.

Julieta asintió mientras terminaba su pollo.

—Las modistas somos una raza especial.

Sus ojos se iluminaron con picardía.

—Tendré mucho cuidado, entonces—Metió la mano en la cesta, sacó una pequeña caja de madera lisa y se la entregó.

Julieta le miró.

—¿Qué es?

Él señaló la caja con la cabeza.

—Ábrela y descúbrelo.

Julieta dudó y luego la tomó. Le echó una mirada curiosa antes de levantar la tapa de la caja. Dentro, sobre terciopelo negro, descansaba un medallón de plata con una cadena de plata. Frunció el ceño.

—No entiendo.

—Es un regalo.

—¿Pero por qué?

—Las damas no preguntan a un caballero por qué les hacen regalos—contestó él.

Ella se puso rígida.

—Ya veo.

—Dudo que lo hagas, muchacha. No tengo ningún motivo oculto. Pensé que te gustaría, eso es todo. Mira dentro del relicario.

Ella estuvo tentada de no aceptarlo, pero dejando la caja a un lado, levantó el relicario y abrió el cierre. Se quedó boquiabierta. Una intrincada miniatura de su madre ocupaba el lado derecho. Julieta dirigió su mirada a Carrick.

—No entiendo.

—¿Te gusta?—Le preguntó.

Ella volvió a mirar la miniatura y asintió.

—Por eso lo hice.

Las lágrimas quemaron las esquinas de sus ojos. Se quitó una lágrima que rompía su resolución y pasó un dedo por el pequeño retrato.

—Es hermosa—Le miró—. Gracias.

Él sonrió, el placer llegó a sus ojos, y su corazón se tensó. Este hombre era peligroso, muy, muy peligroso. A pesar de la advertencia, se inclinó sobre la comida y le dio un beso en la mejilla. Él se quedó muy quieto.

Ella se retiró y sacudió la cabeza.

—¿Qué te ha hecho pensar en esto? No es que vaya a estar tanto tiempo lejos de mi madre.

Se encogió de hombros.

—Una hija no necesita estar separada de su madre mucho tiempo para echarla de menos.

El corazón de Julieta latía con fuerza.

—Será mejor que termine el dobladillo del vestido.

Él asintió, se puso en pie y le tendió una mano. Cuando ella colocó su mano en la de él, sus dedos se cerraron alrededor de los de ella con tanta delicadeza que las lágrimas la amenazaron de nuevo. Ella nunca sería una de las bellas damas que él eligirá como esposa. La puso en pie y la atrajo hacia sus brazos y, con una lenta sonrisa, se inclinó y le cubrió la boca con la suya. Ella debería haberlo alejado, debería haberle recordado que nunca se convertiría en su amante, pero en lugar de eso, se encontró fundida contra él, respirando profundamente de él mientras su lengua se deslizaba por sus labios. Perdió la noción del tiempo mientras sus lenguas chocaban, y cuando él se retiró, por un instante, su entorno pareció girar.

Él la tranquilizó.

—¿Estás bien, muchacha?

Ella asintió con la cabeza, pero la sonrisa de satisfacción que vislumbró en el instante anterior a que él se apartara le dijo que era muy consciente de que había tocado su corazón.

* * *

Julieta dio vueltas en la cama hasta altas horas de la noche. Carrick la había tocado como un instrumento. Llevaba horas tumbada en la cama, dolorida por la necesidad.

Cuando la luna se alzó en el cielo frente a su ventana, abandonó toda pretensión de dormir, se echó el chal sobre los hombros y salió de su habitación. La señora Allenby preparó un agua de limón muy agradable, tal vez le ayudara.

Apenas se había alejado un metro de su puerta cuando la suave voz de Carrick atravesó la oscuridad:

—¿Por qué vagas por la noche como un espectro, Julieta?

Ella se giró y se congeló al ver su silueta apoyada en la pared opuesta.

—No puedo dormir—susurró.

—Entonces no lo intentes, muchacha—Él se dirigió hacia ella.

Capítulo diez

Amante

CARRICK ALCANZÓ A JULIETA Y la atrajo muy cerca de sí. Había estado a punto de llamar a la puerta de su habitación una docena de veces, sin saber si ella estaba realmente preparada para él. Pero por la forma en que se derretía contra él, supo sin lugar a dudas que lo deseaba. Con un gruñido, la estrechó entre sus brazos y entró en su dormitorio, cerrando la puerta de una patada.

La brillante luz de la luna bañaba la habitación con un suave resplandor plateado. Carrick la dejó parada sobre la alfombra y le quitó el chal de los hombros, dejando que la luz de la luna iluminara el contorno de sus suaves curvas. Su cabello caía sobre sus delgados hombros. Era tan hermosa que apenas podía respirar.

Le cubrió la boca con la suya. Ella jadeó. La llevó hacia la cama. Sin pedirlo, ella separó los labios y él se introdujo en ellos. Sus lenguas se unieron en una caricia hormigueante. Él absorbió su lengua en la boca. Ella se inclinó hacia él y la ansiedad se apoderó de él.

Su rodilla chocó con la cama y ella se sacudió. Carrick la acostó sobre el colchón y se puso encima de ella. Ella respiró profundamente. Sus pezones se asomaron a través de la fina tela de su camisa. Ella lo deseaba. Carrick se llevó a la boca un pezón endurecido y succionó a través de la tela de la camisa. Julieta se agarró a sus hombros y se arqueó en su boca. Deslizó una mano por su brazo, su cuello, y luego enhebró los dedos en su pelo. La necesitaba desnuda. Necesitaba sus dedos fríos alrededor de su pene. Primero... Se movió hacia el otro pezón. Los dedos de ella se apretaron en su pelo.

Él gruñó.

—Lo sé, amor.

Carrick soltó el pezón, luego se arrodilló y la levantó con él.

Ella jadeó:

—¿Ya hemos terminado?

Él soltó una risa estrangulada.

—Ni por asomo—Agarró el dobladillo de su camisa y tiró de ella hacia arriba y por encima de su cabeza.

Se quedó sin aliento. La luz de la luna bañaba su piel cremosa con un resplandor que le daba un aspecto casi etéreo. Era una diosa y él pensaba adorar cada centímetro de ella.

Tiró la camisa al suelo.

—No es justo—dijo ella.

Él salió del trance.

—¿Qué?

—No es justo.

Carrick frunció el ceño.

—¿Qué no es justo? Acabo de empezar...

—Estoy desnuda. No lo estás.

Su corazón retumbaba. Cristo Todopoderoso, ella era una muchacha descarada.

—No puedo discutir con una dama—comentó él.

Ella inclinó la cabeza.

—No soy una dama, señor.

Él sacudió la cabeza.

—No, eres una diosa.

Su boca se torció. Carrick no podía creerlo. Ella se divirtió. Él cambiaría eso. Se puso de pie de un salto, inmensamente contento de haberse quitado las botas antes. Luego, sin prestar atención a los botones, se abrió la camisa de un tirón. Se quitó la camisa de los hombros, se abrió de un tirón los botones de los pantalones y los bajó de las caderas.

El audible jadeó de ella hizo que su miembro palpitara. Ninguna otra mujer le había afectado así. Carrick apartó sus pantalones de un puntapié, se arrastró hasta la cama, la puso de espaldas y se sentó a horcajadas sobre ella. Ella lo miró fijamente, con sus rasgos en sombra. Miró la mesita de noche y consideró la posibilidad de encender una vela. Quería verla. ¿Podía esperar el momento que tardaría en encenderla?

Ella levantó una mano y él se quedó helado cuando le rodeó el cuello con el brazo y lo acercó. Al parecer, no podía esperar.

—Eres tan hermosa—susurró él en el instante previo a que sus labios se encontraran.

Acomodó su cuerpo sobre el de ella. Su miembro rozó la curva de su abdomen. Esta vez, ella succionó su lengua en la boca. Él se puso a jugar con ella y le cubrió un pecho con una mano. Ella se arqueó, y su duro pezón presionó la palma de su mano. Carrick pellizcó ligeramente el pezón. Ella respiró con fuerza. El sonido le calentó la sangre.

Rompió el beso y bajó la boca hasta el pecho izquierdo y le acarició el pezón derecho mientras volvía a pellizcar el otro.

Ella se aferró a sus hombros. Su agarre desesperado le provocó una oleada de deseo. Lentamente, empujó su miembro contra el vientre de ella. La dulce incomodidad le apretó los testículos. Necesitaba estar dentro de ella. Pero todavía no. Tenía que demostrarle que lo que había entre ellos no se parecía en nada a los rápidos encuentros que tenían lugar en el burdel de su madre.

Carrick le dio suaves besos en los pechos, luego en el cuello y después en la boca. Ella respiró estremecida. Cuando él metió la mano entre ellos y rozó con sus dedos los rizos entre sus piernas, ella se tensó. La besó de nuevo, suavemente, y deslizó un dedo entre sus pliegues. La sangre rugió en sus oídos. Estaba muy mojada. Se armó de paciencia y deslizó lentamente un dedo dentro de ella.

Julieta se calmó y él ocultó una sonrisa. La mujer del mundo no estaba preparada para la realidad de un hombre acariciando su punto de placer. Con el pulgar, le acarició el bulbo hinchado mientras introducía y sacaba lentamente un dedo de su cavidad. Para su deleite, ella empezó a mover las caderas al ritmo de sus caricias. Por Dios, la mujer tenía la sangre caliente. Le lamió el pezón.

—Carrick—gimió ella.

Oírla pronunciar su nombre le produjo una oleada de inesperada satisfacción. Ella comenzó a moverse más rápido. Él mantuvo un ritmo uniforme. Los dedos de ella se clavaron en sus hombros. La luz de la luna le salpicaba la cara, bañando su piel con un brillo etéreo. Su verga se tensó tanto contra su piel que pensó que el maldito miembro se liberaría y se hundiría dentro de ella por sí mismo.

Julieta se puso bruscamente rígida y gritó. Su interior absorbió su dedo. Carrick sacó el dedo de su canal, cerró la boca sobre su sexo y chupó.

—¡Que Dios se apiade!—Gritó ella, y palpitó bajo su lengua mientras un segundo clímax la invadía.

Respiró estremecida. Carrick se levantó y rápidamente colocó su miembro en la abertura de la mujer. Su estrecha abertura se cerró alrededor de la sensible corona. La necesidad de penetrar en ella casi le hace perder la cabeza. Deslizó una mano por debajo de sus nalgas y fijó su mirada en su rostro. No pudo leer su expresión.

—¿Confías en mí?—Preguntó él.

Ella se agarró a su brazo y dijo en un susurro apenas audible:—Sí.

—Esto dolerá solo un instante—dijo él, y se adentró profundamente.

Ella se puso rígida. Carrick se quedó quieto hasta que Julieta soltó un suspiro y se relajó. Bajó su peso sobre ella, la rodeó con sus brazos y enterró su cara en su pelo mientras empezaba a moverse dentro de ella. Le avergonzaba admitir que no duraría mucho con su magnífico calor envuelto tan estrechamente en él. Intentó pensar en las cuentas que tendría que hacer a primera hora de la mañana, pero ella levantó las caderas para recibir sus empujones y su clímax lo invadió sin previo aviso. Un intenso placer lo desgarró y, con un grito de sorpresa, derramó su semilla dentro de ella.

Con el corazón acelerado, continuó introduciéndose en ella media docena de veces mientras extraía los últimos vestigios de placer de su miembro. Por fin, se desplomó sobre la esbelta figura de ella durante varios latidos, y luego se desprendió de ella. La acercó a ella.

—Puedo hacerlo mejor, lo prometo. Dame diez minutos y lo demostraré.

Sintió la sonrisa de ella contra su pecho. Se estaba riendo de él otra vez. Tenía que hacer algo al respecto. La empujó suavemente sobre su espalda y la miró con asombro.

—Has estado increíble—susurró.

La besó de nuevo, con ternura.

El viento se coló por la ventana abierta, moviendo el pelo de ella sobre su pecho desnudo. Quería tomarla de nuevo, pero sabía que su tierna carne necesitaba descansar. Tendría que esperar. En lugar de eso, la atrajo hacia las almohadas y la acunó en sus brazos. Ella lanzó un suspiro y cerró los ojos.

Su amante. Sí, era su amante. Por fin.

Se tumbó de espaldas y cerró los ojos, solo por un momento.

* * *

Carrick se despertó cuando los primeros rayos de sol se filtraron por la ventana, con la verga dura por el recuerdo de la noche anterior y una nueva y extraña necesidad que le recorría. Se puso de lado, de cara a la ligera forma que había en la cama de al lado, y sus latidos se aceleraron. La sábana se había deslizado por la parte superior de sus pechos y él vislumbró los bordes de las suaves areolas rosadas que había probado la noche anterior. Su cabello, una sensual maraña de gruesos mechones, enmarcaba su rostro y se extendía sobre un pecho lleno. Su miembro palpitó. Sonrió. Era verdadera y plenamente su amante.

Julieta se arqueó y se estiró. Dejó caer un beso en su garganta y luego añadió una serie de besos suaves bajo la línea de su mandíbula. Ella se tensó y luego se relajó bajo las caricias de su lengua y gimió con el mismo sonido ronco que lo había vuelto loco la noche anterior. Un escalofrío le recorrió la columna vertebral.

—Te necesito—Le agarró la mano y rodeó su pene con los dedos—. Ahora.

Él se inclinó suavemente hacia el puño relajado de ella. Para su sorpresa, ella se apartó y lo puso de espaldas, con la verga sobresaliendo como una columna de mármol. Julieta bajó las pestañas, luego pasó su delgada pierna por encima de las caderas de él y colocó su entrada por encima de su erección.

—Móntame, muchacha—Él se agarró a sus caderas y se tensó para que su canal lo envolviera.

—Qué mandón—se burló Julieta mientras tomaba la punta de su palpitante hombría en su delgado cuerpo.

Lo torturó. Horriblemente. Deslizándose repetidamente un centímetro hacia abajo antes de levantarse hasta que, por fin, él no pudo aguantar más y la empujó hacia abajo sobre su dura longitud mientras empujaba hacia arriba. Ella jadeó y echó la cabeza hacia atrás, encantada. Con el calor de ella envolviéndolo por completo, él comenzó a mecerse. Estaban hechos el uno para el otro. No podía controlarse. No con la forma en que ella se movía. En pocos minutos, las pestañas de ella se agitaron mientras se estremecía en éxtasis y él se corrió con un fuerte gemido, bombeando dentro de ella hasta que ordeñó su verga hasta el final.

Cuando terminó, la apartó de él y ella apoyó la cabeza en su pecho mientras él recorría la longitud de su columna vertebral con la punta de un dedo.

Ninguno de los dos habló durante un rato. No fue hasta que el lejano tañido del reloj del abuelo anunció la hora del desayuno que Julieta se incorporó como un rayo.

—¡Cielos! ¡Llego tarde para ponerle la bata a tu hermana!.

Divertido, la vio saltar de la cama y lanzarse hacia el armario.

—No te molestes con los cajones de abajo— añadió. —No los necesitarás.

Ella resopló y metió los brazos en las mangas del vestido, luego lo bajó sobre unos pechos exuberantes. La verga de él se estremeció. Ella iba a pasar una cantidad excesiva de tiempo de espaldas con él entre las piernas.

En la puerta, se detuvo y lo miró por encima del hombro.

—Continuaremos con esto más tarde, muchacha—Se levantó. Los ojos de ella se dirigieron a su erección antes de darse la vuelta y marcharse.

Carrick vio sus pantalones en el suelo. Sonrió. Iba a ser un buen día.

Capítulo once

La gallinita ciega

NI EN SUS MEJORES SUEÑOS Julieta había pensado que acostarse con un hombre pudiera ser tan... absorbente. Todavía podía sentir el calor del cuerpo de Carrick sobre el suyo y la calidez de su aliento en su pelo cuando gimió su nombre.

—¿Qué te hizo decidir convertirte en modista?—Le preguntó Catherine a Julieta.

Julieta salió de sus pensamientos. Empujó la aguja a través del terciopelo azul cielo. Se sentó en el ventanal del salón mientras Catherine se recostaba en un sofá cercano, examinando muestras de encaje.

—Todos debemos hacer algo. Me gusta crear ropa y soy, creo, hábil en ello.

—En efecto, lo eres, querida—. La viuda pasó una página del libro que estaba leyendo.

—No me gusta nada coser—dijo Catherine—. Sé que es algo terrible de decir. Se supone que a las jóvenes les gusta coser. Pero a mí no me gusta.

—Bueno, afortunadamente, no hace falta que te guste para ser hábil remendando un par de calcetines o reparando un dobladillo—dijo Julieta.

—Ya ves, Catherine, dijo la viuda, Julieta entiende que la costura es una habilidad que debe tener una dama.

—No creo que haya dicho eso, mamá. Solo dice que el hecho de que no me guste, no significa que no pueda hacerlo.

Julieta ocultó una sonrisa.

—¿Qué más haces además de coser?—Dijo Catherine.

—Leo, por supuesto. Pinto un poco, y hablo un poco de latín y francés.

Catherine hizo una mueca—. Seguro que haces otras cosas mucho más divertidas que eso.

—Me gusta leer—dijo Julieta—. ¿Has encontrado ya algún encaje que te guste?

Se encogió de hombros.

—Carrick dijo que vivías en Londres. Adoro Londres. La última vez que estuvimos allí, Carrick me llevó a montar en el parque todos los días. ¿También vas a montar en el parque? Carrick tiene un maravilloso faetón. Me gustaría poder conducirlo, pero él dice que las damas no hacen esas cosas.

—Tiene mucha razón, por supuesto—comentó Julieta, y vislumbró la mirada de aprobación que la viuda le dirigió.

Catherine debió verla también, porque dijo:

—Solo estás de acuerdo porque mamá está aquí. Pero creo que sabes que una dama es tan capaz de conducir un faetón como un hombre.

—Hay que ser muy hábil para conducir cualquier tipo de carruaje—dijo Julieta con toda seriedad.

—Estoy segura de que podría aprender—afirmó Catherine, pero Julieta sabía que era mejor no decir ni sí ni no.

—¿En qué parte de Londres vives?—Preguntó Catherine—Tendremos que visitarte la próxima vez que estemos allí. ¿No es así, mamá?

—En efecto, así es—aceptó la viuda.

A Julieta se le aceleró el pulso, pero había practicado mil veces lo que le diría a la primera persona que le preguntara su dirección en Londres, y recitó la dirección de la casa de la sombrerería de Bonnie Macmillan, que alquilaría cuando volviera a Londres.

—Me alegro mucho de haber podido venir a la Casa Lennexlove para estar contigo—dijo Catherine.

Julieta sonrió

—Yo también me alegro.

—Fue una suerte que aún no hubiéramos partido hacia Londres cuando Carrick nos dijo que te traía.

Julieta la miró bruscamente. ¿No estaban en la Casa Lennexlove cuando Carrick dijo que la traería? Ella había asumido que ya estaban en la residencia. Tenía que significar que él había planeado traerla aquí sola, y que solo las había traído más tarde, cuando se dio cuenta de que ella las esperaba allí.

De repente, Julieta sintió los ojos de la viuda sobre ella. Sus dedos temblaron. ¿Sospechaba la mujer lo que había ocurrido entre ella y Carrick la noche anterior? No se alegraría. Incluso podría exigir a Carrick que la echara. Extrañamente, aunque había querido ser enviada lejos, la idea de irse ahora la deprimía.

Un golpe en la puerta hizo que Julieta se sobresaltara, y una criada entró e hizo una reverencia, pero para sorpresa de Julieta, la criada se dirigió a ella en lugar de a la viuda.

—Su Excelencia desea verla en la biblioteca—anunció la criada—. Inmediatamente.

Julieta sintió que su rostro se sonrojaba.

—¿Está segura?—Preguntó con voz firme.

—Sí, señorita—respondió la criada—Fue a buscarle a la cocina. La señora Allenby me envió a buscarla.

El corazón de Julieta tronó. ¿Cómo podía explicar su llamada? No se atrevió a mirar a la viuda.

—Imagino que habrá recibido la factura de las telas que pedimos—dijo Catherine riendo.

Julieta podría haberla besado. No estaba segura de que fuera a ser la modista a la que el señor de la casa llevara a juicio por haber gastado demasiado en telas, pero la excusa era mucho mejor que la mirada perdida que sabía que llevaba.

—Tal vez me haya excedido—murmuró mientras se ponía en pie, consciente de que los agudos ojos de la viuda se clavaban en ella—. Pon aquí la muestra que más te guste—Julieta palmeó su cesta de costura, se alisó la falda y salió de la habitación.

Se apresuró por el pasillo. Pagará por esto. ¿Qué le había pasado para invocarla como si fuera su amante?

Julieta llegó y encontró la puerta de la biblioteca entreabierta y se asomó al interior. Era una habitación impresionante, pintada en un cálido tono amarillo. Sus ventanas daban al extenso césped y a los jardines. Las paredes estaban revestidas de altas estanterías de palisandro y el olor a madera pulida y a cuero impregnaba el aire. Julieta abrió la puerta con facilidad y vio a Carrick en su escritorio, escribiendo una carta. Se quedó sin aliento. Tenía las mangas de la camisa remangadas y los antebrazos bronceados. Un mechón de pelo le había caído sobre la frente. Levantó la vista y una sonrisa iluminó su rostro.

—¿Me has mandado llamar?—Julieta entró y cerró la puerta tras de sí mientras él dejaba su bolígrafo y se recostaba en su silla.

Él levantó una ceja y ella supo que se preguntaba por qué había cerrado la puerta. Que se lo pregunte. Dio tres pasos hacia su escritorio y se detuvo.

—¿Has perdido la cabeza, Carrick?

Él parpadeó.

—Estaba con tu madre y tu hermana cuando la criada llegó para informarme de que me habías convocado.

Sus ojos se abrieron ligeramente y luego esbozó una sonrisa ladeada que hizo que a ella se le revolviera el estómago.

—No te encontré en la sala de costura ni en la cocina y supuse que me estabas evitando—Se encogió de hombros—. Decidí que una de las criadas tendría más suerte para encontrarte.

Julieta se quedó mirando. Parecía tan arrepentido y tan... tan condenadamente atractivo que de repente se preguntó cómo iba a salir indemne de esto. No lo estaba, se dio cuenta. Ya había perdido la apuesta. Él era su dueño durante el próximo año. ¿Cuánto tiempo podría seguir siendo la modista de la viuda antes de que la anciana descubriera la verdad?

Sus ojos se oscurecieron y de repente su madre, su apuesta, nada más importaba.

—Acércate, querida. Sabes cuál es tu sitio.

—¿Cuál es mi sitio?—Susurró ella.

Él sonrió.

—En mis brazos.

Su pulso se aceleró. Julieta dio un paso alrededor del escritorio, pero se detuvo fuera de su alcance. Él se inclinó hacia delante, la agarró del brazo y la atrajo hacia su regazo. Ella gritó. Él se rió y la abrazó mientras ella se retorcía en un intento poco entusiasta de liberarse. La cadera de ella chocó con la dura longitud de él y se quedó paralizada.

—Dios mío, Carrick. Me sorprende que te quede algo de energía después de lo de anoche.

Él se rió y la abrazó más fuerte.

—Te dije que tendría muchas sorpresas maravillosas para ti.

Su corazón empezó a latir con fuerza y se dio cuenta de que lo deseaba tanto que le dolía. Julieta se apartó de él y él la soltó mientras se deslizaba de su regazo. Con un rápido movimiento de la falda, se arrodilló ante él. Su mirada se agudizó cuando ella buscó los botones de sus pantalones y los desabrochó lentamente. Los dedos de ella rozaron el bulto que se tensaba contra las restricciones y él aspiró un suspiro de sorpresa. La vergüenza le calentó las mejillas cuando sus dedos temblaron ligeramente al liberar el último botón. Su erección se liberó y la camisa se tensó. Ella apartó la camisa y el calor la recorrió al ver su rígida hombría. Levantó la bata hasta los muslos y se colocó a horcajadas sobre los de él.

Cerró los ojos y respiró largamente mientras ella se deslizaba lentamente sobre su dura longitud. Con un suspiro de placer, ella dejó caer la bata, la seda hizo un suave movimiento al cubrirlos a ambos.

Él rozó con sus dedos los brazos de ella y tiró del sujetador hasta que sus pechos se desbordaron por el escote. Ansiosa por sentir su boca en su carne, se arqueó hacia delante y atrajo su cara hacia ella. Él se metió un pezón en la boca.

Ella se estremeció.

—Carrick—susurró.

Lentamente, se separó de él y bajó hasta que él la llenó. Ella se levantó, y él empujó para encontrar su movimiento hacia abajo. El dolor y el placer se dispararon. Julieta apoyó las manos en los hombros de él, estabilizando su torso para que él pudiera seguir chupándole los pechos mientras ella lo montaba. La agarró por las caderas y la bajó con fuerza. Se quedó sin aliento. Aquel hombre sabía cómo complacer a una mujer.

Aumentó el ritmo y le chupó el otro pecho. El placer crecía en su interior. El pezón se le escapó de la boca y su agarre de las caderas se intensificó cuando ella se abalanzó sobre él. Su mandíbula se tensó. Una ola de gratificación la invadió. Ella lo complacía. Su clímax la sorprendió. Julieta echó la cabeza hacia atrás y se arqueó. Él introdujo su miembro hasta el fondo. Ella gritó y la luz brilló detrás de sus ojos. Parecía que el mundo giraba a su alrededor. Su cuerpo se debilitó como un pequeño gatito.

Julieta fue vagamente consciente de los gemidos de él mientras se aferraba a su sexo. Había visto a las chicas del burdel de su madre arrinconadas contra las paredes mientras sus clientes bombeaban dentro de ellas, había oído más historias de las que podía recordar sobre la mecánica de la unión de un hombre y una mujer. Pero nunca había oído a las chicas hablar de este tipo de... magia. ¿Era eso, magia?

Julieta se desplomó sobre su pecho y escuchó el potente golpe de su corazón hasta que su ritmo se ralentizó.

Carrick enterró la cara en su pelo.

—No me canso de ti—Le acarició el cuello—. Ven a mi cama. Vamos a pasar el día allí.

Julieta resopló y se enderezó de mala gana.

—Sabes muy bien que tengo batas que coser.

—Como si mi madre y mi hermana no tuvieran suficiente de esas malditas cosas—Le pasó las manos por los pechos y le pellizcó los pezones.

Ella se estremeció.

—Ven a mi cama—repitió.

Julieta se puso las mangas sobre los hombros y se deslizó fuera de su regazo. Volvió a meterse la camisa en los pantalones, luego se abrochó los pantalones y soltó un largo suspiro.

—Imagino que tu madre y tu hermana siguen en el salón donde las dejé—Un hilo de pánico la recorrió—. Señor, la viuda se preguntará por qué he tardado tanto.

Él le tomó de la mano y su expresión se hizo más sobria.

—Me encargaré de mi madre.

El pánico se intensificó.

—Carrick, ella no puede saber...

Sonó un golpe en la puerta.

—Carrick—llamó su madre.

Julieta desvió su mirada hacia la puerta. Dios mío, si la ve la viuda antes de tener la oportunidad de alisar cada pelo en su sitio.

El pomo de la puerta empezó a girar, y Julieta cayó de rodillas.

—¿Qué...?—Empezó Carrick, pero ella se escabulló bajo su escritorio cuando la puerta se abrió. Se llevó las rodillas al pecho. Él se giró, y ella se vio obligada a ponerse de lado contra la madera cuando sus rodillas casi le golpearon el hombro. Él se movió y Julieta se dio cuenta de que estaba levantando la vista de su escritorio. Sus brazos estaban apoyados en el escritorio. Dios mío, esperaba que su expresión no revelara el hecho de que su amante se escondía allí.

—Pensé que encontraría a Julieta aquí—la voz de la viuda llegó desde la dirección de la puerta.

Julieta cerró los ojos y rezó en silencio, "por favor, por favor, por favor, no entres".

—La has echado de menos—respondió él.

La puerta crujió y a Julieta le retumbó el corazón. ¿Estaba la viuda entrando en la habitación y cerrando la puerta tras ella o se había marchado?

—Estoy ocupado, madre—dijo Carrick, y el corazón de Julieta se desplomó. La viuda no se había ido.

—He planeado otra cena para esta noche— añadió ella.

—Creo que me lo has dicho—Su brazo derecho se movió ligeramente, y Julieta pensó que podría estar escribiendo como lo había hecho cuando ella llegó.

—Catherine y yo pasaremos el otoño y el invierno en Edimburgo.

—Esa es la costumbre—respondió distraído.

—Lady Audrey es muy agradable, ¿no te parece?—La voz de la viuda era más cercana. La seda crujió y Julieta se dio cuenta de que estaba sentada en la silla frente al escritorio de Carrick.

—Estoy demasiado ocupado para hablar de mujeres, madre—afirmó.

—¿Incluso de Julieta?

Se sacudió.

Julieta se tensó.

—¿Perdón?—Dijo.

—No soy tonta, Carrick—contestó su madre —.Sé…

Empujó su silla hacia atrás y se puso de pie.

—Le agradeceré que se guarde para sí todo lo que sepa, señora.

Se dio la vuelta y sus piernas desaparecieron de la vista mientras rodeaba el escritorio. Julieta apenas pudo oír sus pisadas a través de los latidos de su corazón en sus oídos. El pomo de la puerta sonó y él dijo:

—Estoy ocupado, madre.

Tres latidos más tarde, la viuda dijo:

—Lady Audrey asistirá a la cena de esta noche—Su voz era más lejana.

—Qué amable eres al invitarla por segunda vez—replicó Carrick con voz fría.

—Nunca te he conocido actuando así—dijo la viuda.

—Nunca has llegado a elegir a mi novia por mí—confesó.

Pasó un momento de silencio.

—Es hora de que te cases, Carrick. Cualesquiera que sean los placeres que puedas buscar...

—Señora, he sido paciente hasta ahora.

La advertencia en su voz provocó un escalofrío en la espalda de Julieta.

—Entonces te veré en la cena—dijo la viuda.

La puerta se cerró con un clic y, un momento después, las piernas de Carrick volvieron a aparecer.

Se puso en cuclillas e inclinó la cabeza para poder hacer contacto visual.

—Sal, amor.

Julieta se llevó el vestido hasta las rodillas y salió a gatas de debajo del escritorio. Él la agarró de la mano y la puso en pie.

—Tiene razón, ¿sabes?—Dijo Julieta mientras se quitaba el polvo imaginario del vestido. Agradeció que su voz se mantuviera firme.

Él colocó un dedo bajo su barbilla y ella se quedó helada cuando él inclinó su cara hacia la suya.

—No te preocupes por mi madre.

¿Cómo podría no preocuparse? La mujer estaba decidida a ver a su hijo casado.

—Es tu madre— susurró Julieta.

—Y no tiene nada que ver con nosotros— respondió él.

Julieta se alejó.

—Será mejor que vuelva al salón—Empezó a girarse, pero él la agarró del brazo.

—Por ahí no—La arrastró hasta las estanterías cercanas al aparador y presionó sobre un estante. Se separó de la pared.

—¿Qué demonios?—Exclamó ella.

Él sonrió.

—Lennoxlove está repleta de sorpresas—La mirada de sus ojos decía que él también estaba lleno de sorpresas.

* * *

Julieta pasó la tarde en la sala de costura haciendo lo posible por ignorar los pensamientos sobre Carrick. Carrick riendo. Carrick mirándola fijamente. Carrick acariciando sus pechos. Carrick en los brazos de otra mujer. ¿Por qué le molestaba tanto? Ella conocía el lugar apropiado de una amante, en la práctica, al menos. En realidad, recordar su lugar era mucho más difícil.

A medida que se acercaba la noche, el crujido de las ruedas en el camino de grava atrajo su atención hacia la ventana, una vez más. A pesar de la convicción de ignorar todo lo que ocurría fuera de su habitación, se movió y miró por la ventana. El corazón se le encogió cuando Carrick apareció mientras un carruaje se detenía frente a la casa. Abrió la puerta del carruaje y tomó la elegante mano que le tendían. La bella morena llevaba un vestido de terciopelo verde oliva más fino como ninguno que Julieta hubiera visto jamás. Lanzó una risa plateada que llegó hasta la ventana.

La mujer deslizó su mano en el pliegue de su brazo y Julieta vislumbró su sonrisa mientras se volvía hacia la casa. Se le apretó el corazón. Era encantador. Desaparecieron de la vista y su risa de barítono se cortó bruscamente cuando se cerró la puerta. La noche era joven. ¿Quién sabía cuántas jóvenes más llegarían?

Julieta metió la mano en su cesta de costura para sacar una bobina de hilo, pero sus dedos se engancharon en los sedosos pliegues de la corbata de Carrick. Lentamente, sacó el estrecho trozo de tela y lo apretó contra su mejilla. Increíblemente, todavía llevaba su aroma. Sándalo picante.

La risa plateada de la joven volvió a sonar en la distancia.

Julieta se puso rígida y, de repente, se sintió bastante tonta por estar oliendo la corbata como un leal sabueso. Volvió a meterla en la cesta. No estaba dispuesta a sentarse allí, escuchando los sonidos de su jolgorio, no cuando podía sentarse en la soledad más tranquila de las habitaciones de la servidumbre, un piso más arriba. Rápidamente, recogió su costura y subió las escaleras.

La noche se alargó. Sus pensamientos volvían con demasiada frecuencia al recuerdo de los labios de Carrick sobre su piel y su sonrisa para la hermosa dama de cabello oscuro. ¿Cómo entretenía a las debutantes en el salón de abajo? Cuando el reloj dio las diez, su mente aún se agitaba con preguntas incómodas. Dejó la costura a un lado y estiró el cuello rígido. Le dolían los dedos. El día había terminado, pero los invitados permanecían. ¿Se quedaban para una fiesta en casa? Se mordió el labio. Aunque anhelaba meterse en la cama de Carrick, se negaba a considerar tal acción mientras él entretenía a otras mujeres.

—Esta noche te toca un libro, Julieta— murmuró. Tal vez durante muchas noches, si era prudente. Un libro era un pobre sustituto de los labios de Carrick, pero era lo mejor—y lo más seguro—que su noche podía ofrecer.

Después de un rápido desvío a la cocina para tomar una sencilla comida de pan fresco y queso, se apresuró por el pasillo hacia la biblioteca. Las velas y las lámparas de aceite ardían bajas en sus apliques y soportes de pared. En el salón, a solo tres puertas de distancia, alguien tocaba el pianoforte.

Al oír el zumbido de las voces, Julieta aceleró sus pasos hacia la biblioteca y se detuvo frente a su puerta cuando una risa femenina se dirigió hacia ella.

Reconoció demasiado bien la risa de una mujer que intentaba impresionar a un hombre. ¿Quién de ellas se reía? Se arrastró hacia el salón. Si tenía cuidado, nadie se daría cuenta si echaba un vistazo.

De repente, Catherine salió corriendo hacia el salón.

Julieta se detuvo en seco y giró sobre sus talones.

—Julieta—llamó Catherine, pero Julieta se apresuró a alejarse. Un instante después, Catherine llegó a su lado y le tomó la mano—. Oh, juega con nosotros, Julieta—La joven se rio—. ¡Por favor, Julieta!

—Realmente no debería—Julieta trató de liberarse.

—No seas tonta—Catherine la arrastró varios pasos hacia el salón—. Ven a divertirte.

Julieta sabía que debía liberarse, pues una amante no se relacionaba con las damas invitadas a fiestas respetables. Su madre se lo había metido en la cabeza mucho antes de que entendiera realmente lo que significaban esas palabras.

Llegaron al salón. Julieta dio dos pasos hacia el salón, vio a Carrick y se detuvo. El duque de Hamilton estaba de pie ante el fuego, vestido con unos pantalones negros y un chaleco de brocado gris, una camisa blanca y un corbatín de seda roja muy elaborado. Sonrió mientras examinaba un gran anillo de zafiro a la luz del fuego. Media docena de invitados se reunieron a su alrededor, tres de los cuales eran damas que se disputaban la posición más cercana.

—Es un anillo tan hermoso, Carrick—dijo una pelirroja menuda con un costoso vestido de noche de satén azul—. Un anillo realmente impresionante que cualquier mujer estaría encantada de llevar.

—No cualquier mujer—La viuda se removió en el sofá cercano. Su voz tenía una clara nota de orgullo—. Las novias Hamilton han llevado ese anillo durante los últimos ochenta años.

Novias. Julieta se dio la vuelta para marcharse.

Catherine cerró la puerta, de espaldas a la madera, y sonrió.

—Julieta ha venido a jugar con nosotras.

Todos los ojos se volvieron hacia ella.

—Ah, Julieta—comentó la viuda.

Julieta miró a la anciana, con cuidado de que su mirada no se desviara hacia Carrick.

La mujer mayor le hizo un gesto para que se acercara.

—Ven, acompáñanos.

Julieta dudó. Era difícil saber si la mujer desaprobaba su presencia. Julieta no necesitaba mirar a las posibles novias para saber que no lo aprobaban. Sintió que sus miradas evaluadoras inventariaban su rostro, su figura y, sin duda, su ropa. Una pizca de satisfacción la animó. En ese sentido, no la encontrarían en falta.

Catherine se acercó a su hermano.

—Ya tenemos jugadores más que suficientes.

Julieta no pudo evitar que su mirada siguiera a la chica.

Catherine le tiró de la manga.

—Julieta está aquí para una partida de «la gallinita ciega».

Carrick le sonrió a su hermana.

—Entonces, ¿qué estamos esperando?—Su atención se desvió hacia Julieta.

Los demás invitados se rieron y se levantaron de sus asientos cuando Carrick se dirigió hacia ella. Debería irse. Lo sabía. Sin embargo, sus pies no se movían.

Llegó a su lado.

—Buenas noches, señorita Thatcher—Se inclinó y la miró con un brillo en sus ojos grises.

Una sonrisa de respuesta curvó sus labios y ella hizo una reverencia baja.

—Buenas noches a usted también—murmuro ella, negándose deliberadamente a pronunciar las esperadas palabras «mi señor» o «su gracia». De hecho, no se unió a la pandilla de criaturas aduladoras de la sala.

Un fuerte aplauso los sobresaltó a ambos y Julieta parpadeó para descubrir que la viuda los observaba atentamente.

—Que comience el juego—Dio un par de palmadas más y levantó la ceja en señal de evidente reprimenda.

Julieta desvió la mirada y deseó poderosamente que se hubiera ido. Carrick se rio, enlazó su brazo con el de ella y la atrajo hacia el círculo de jugadores.

—Permíteme ir primero—le ofreció un caballero delgado de pelo castaño y ralo.

Catherine le ató la banda de tela sobre los ojos y le hizo girar mientras comenzaba la cuenta atrás. Los jugadores se desplegaron por la sala y empezaron a gritar su nombre.

Julieta se acercó a la puerta.

—Edward, por aquí—empezaron las llamadas mientras el hombre empezaba a dar tumbos por el salón, con los brazos extendidos.

Julieta retrocedió un paso más y Carrick se acercó. Se inclinó, con la clara intención de susurrarle al oído, cuando la pelirroja le golpeó el brazo.

—Perdóneme, Su Excelencia—Ella soltó una risita y le puso la mano en el brazo.

La expresión de Carrick se endureció, y a Julieta se le encogió el corazón.

El hombre con los ojos vendados tropezó con dos mujeres que lo esquivaron y chocó con Carrick. El hombre agarró el corbatín de Carrick y anunció:

—Es Hamilton.

Carrick soltó una carcajada.

—Maldita corbata—rezongó en voz baja, y miró de reojo a Julieta. Se encaró con el hombre delgado—Tomaré esto, mi querido amigo—. Carrick le quitó la venda y comenzó a atársela sobre los ojos.

Catherine apareció a su lado y comenzó a hacer girar a su hermano en círculos. La mujer pelirroja soltó una risita y no hizo ningún movimiento para separarse y unirse a los demás.

Catherine puso los ojos en blanco con disgusto.

—Cambiemos las reglas, ¿de acuerdo? El último que atrape Carrick se ganará un beso.

Por encima de la venda, las cejas de Carrick se fruncieron.

Un coro de «ohh» se elevó entre la mujer y la pelirroja dijo:

—Qué encantador—Y se alejó.

—No me gusta esta nueva regla—objetó el delgado caballero.

Carrick ladeó la cabeza y se burló.

—Entonces, Edwards, allá voy.

Cuando dio un paso adelante, una de las mujeres empujó a Julieta en su camino. Él la sujetó del brazo y se tensó, luego se relajó y deslizó los dedos hacia las muñecas de ella para darle un pequeño tirón. Ella tropezó y cayó contra su pecho.

Catherine aplaudió.

—He cambiado de opinión. Digo que Carrick debe besar a la primera mujer que pille.

Julieta se puso rígida. Las otras mujeres protestaron en voz alta.

—Eso no es justo.

—Eso le enseñará a no presionar a otros jugadores, Lady Audrey—contestó Catherine.

Carrick plantó un casto beso en la frente de Julieta.

—Es la señorita Thatcher—dijo con convicción.

—¡Bravo!—Edwards se rió.

—Basta de este juego—Carrick se quitó la venda de los ojos.

—Vamos a cantar, ¿de acuerdo? —Sugirió Catherine mientras se acercaba al pianoforte.

—Se hace tarde, Catherine querida—objetó la viuda.

Su hija la ignoró y se sentó al pianoforte, y comenzó a tocar. Cuando la sala se llenó de voces—y las mujeres se abalanzaron sobre Carrick para captar su atención—Julieta logró escapar. Se metió en la biblioteca y se giró para cerrar la puerta cuando

Carrick entró. Julieta gritó cuando él la tomó en sus brazos.

—¿Adónde corres como si te persiguiera el mismísimo diablo?

—A mi habitación—respondió ella, y añadió en silencio: "Donde debo estar"—. Deberías volver con tus invitados.

Él la miró, más guapo de lo que un hombre tenía derecho, con los labios curvados en una sonrisa perezosa.

—Deja que se pregunten. Ya he tenido suficiente deberes esta noche.

Las palabras hicieron que su corazón palpitara, pero entonces su atención se centró en la palabra «deber». El deber siempre se interpondría entre ellos. Ese pensamiento le amargó el ánimo.

Dibujó sus cejas en una línea tenue y desconcertante.

—¿Qué ocurre?

—Nada—mintió ella.

—No soy tonto, Julieta. ¿Qué te preocupa?

—No es nada, de verdad—Ella sacudió la cabeza—. No deberías ignorar a tus invitados en favor de tu amante.

La sorpresa superó su desconcierto, y luego los ojos grises que la miraban brillaron.

—No te equivoques, Julieta, un papel no dicta lo que hay entre nosotros. Lo partiría en dos en este momento, si no fuera porque asegura tu bienestar.

Había verdad en eso, por más que fuera difícil de admitir. Ya se había ganado su casa y la suma anual. Se estremeció. Había caído presa de sus encantos tan rápido. Maldita sea su sangre apasionada.

—Mi madre estará encantada—No pudo ocultar la amargura en su voz.

Él la agarró por el hombro.

—Olvida a tu madre y ese maldito contrato. Lo que sentimos es lo único que importa—La acercó una vez más y trazó suavemente el contorno de su mandíbula—. Eres mía y solo mía—Susurró—. *Mi* amante.

Mi amante. La forma en que pronunció esas palabras la hizo sentir como una posesión preciada, y la delicadeza de su tacto le produjo escalofríos. Dejó caer la cabeza para acariciarle la sien y ella se derritió contra él, consciente de la subida y bajada de su pecho mientras inhalaba profundamente antes de apretar su frente contra la de ella.

—No puedo sacarte de mis pensamientos—Se apartó lo suficiente para mirarla a los ojos—. No eres como ninguna otra mujer que haya conocido.

Julieta buscó en la profundidad de sus ojos grises.

—Ciertamente, nunca he conocido a un hombre como tú.

La abrazó más fuerte. Luego la besó. El apasionado desgarro de su boca se suavizó hasta convertirse en un íntimo mordisco. El golpe de su corazón latía al compás del de ella. Ella pensaba que él era todo fuego y pasión, pero este tierno y suave intercambio la dejó débil de deseo. ¿Podría...?

Un fuerte golpe en la puerta la hizo retroceder.

La voz apagada de la viuda llamó desde el otro lado:

—¿Carrick? ¿Estás ahí?

La cabeza de Carrick se movió en dirección a la puerta.

—¿Carrick?—Repitió la viuda.

El pomo de la puerta sonó y Julieta se soltó de su abrazo.

—Julieta, espera—siseó Carrick.

La sujetó, pero ella salió disparada hacia la puerta del servicio. No podía enfrentarse a la viuda. Julieta se estremeció y subió las escaleras.

Por fin, se deslizó hasta su habitación. Se tumbó de espaldas en la cama y contempló el techo de yeso. ¿Por qué, oh, por qué se había enamorado de ese hombre? Una amante. Ahora era realmente su amante. ¿Por qué había caído en esta trampa cuando sabía que no era de las que querían compartir?

Capítulo doce

Absolutamente todo

CARRICK OBSERVÓ LA PUERTA por la que Julieta había desaparecido. Era evidente que algo molestaba a la muchacha.

—¿Carrick?—Su madre llamó con más fuerza.

Carrick resopló impaciente y llegó a la puerta en tres largas zancadas, abriéndola de golpe.

Los labios de su madre estaban apretados en una fina línea de desaprobación.

—Carrick, debes despedirte de tus invitados. Es lo menos que puedes hacer dadas las circunstancias.

—¿Circunstancias?—Repitió.

Los labios de la viuda se separaron como si fueran a responder, pero luego, aparentemente pensándolo mejor, se dio la vuelta y se alejó por el pasillo.

Carrick la siguió pensativo. Julieta estaba muy nerviosa. ¿Por qué? El asunto del contrato no ayudaba, pero seguramente había algo más que la preocupaba.

Llegaron al salón y él comenzó la larga serie de despedidas, participando distraídamente en las conversaciones de «oh, hagamos esto de nuevo, pronto» hasta la ronda de «gracias» y un buen «adiós» cuando finalmente los condujo a la puerta. Con sus pensamientos girando en torno a Julieta, el tortuoso ritual le resultó aún más tedioso que de costumbre.

Finalmente, el último carruaje partió y su madre se dirigió a su suite. Carrick se volvió hacia las escaleras que llevaban a la habitación de Julieta.

—¿Qué le sucedió a Julieta?—preguntó Catherine.

Él miró por encima de su hombro y redujo la velocidad para permitir que su hermana lo alcanzara.

—Si me permites decirlo, hermano querido, tus futuras novias han sido bastante maliciosas esta noche, especialmente Audrey. ¿Viste la forma en que empujó a Julieta a tus brazos? Oh, no pudiste hacerlo. Llevabas la venda en los ojos. Bueno, déjame asegurarte que Audrey estaba tratando de ser la última...

Posibles novias. Hizo una mueca. ¿Qué amante disfrutaría de la compañía de las futuras novias de su amante? Había estado tan ansioso por verla que no había pensado en su perspectiva. Qué tonto había sido.

—Y mamá dijo...—Catherine parloteó en el fondo.

Madre. Su determinación de verle casado era la raíz de su problema. Era hora de sacar a su madre y su interferencia de su vida.

Una idea pasó por su mente. Llegó a la escalera y se detuvo. Su hermana se balanceó alrededor del poste de la escalera.

—¿Qué te parece un viaje a Londres y una mesada para gastar?—interrumpió el chorro de quejas de su hermana.

Por el repentino brillo de sus ojos, él supo su respuesta.

—¿Londres?—Preguntó ella.

—Y añadamos también unas vacaciones en el mar en Brighton—sugirió él. Ese extremo sur de Inglaterra era lo más alejado de Lennoxlove House que podía llegar sin dejar caer a su madre al mar.

—A mamá le encanta el mar—jadeó Catherine—. Oh, será maravilloso, Carrick. Estoy tan cansada del campo. Mi madre se quejaba de ello ayer mismo.

Subió las escaleras antes que él, dirigiéndose claramente a la suite de su madre para compartir la noticia.

Carrick se rio. El dinero que gastarán bien valdrá su ausencia. Subió corriendo las escaleras que quedaban y continuó otro piso hasta la habitación de Julieta. Por fin podrían estar solos. No podía esperar. Recorrió el pasillo a grandes zancadas, con la verga endureciéndose a cada paso.

Llegó a su habitación y dudó. No había luz bajo la puerta. Seguramente, ella no estaba ya dormida. Golpeó suavemente la puerta. No hubo respuesta. Agarró el picaporte y lo giró. La puerta no estaba cerrada. Lentamente, abrió la puerta un poco y se asomó al interior.

A la tenue luz de la luna que entraba por la ventana, distinguió a Julieta bajo las mantas de la cama. Ella no se movió. La decepción lo invadió. Su miembro estaba tan duro que le dolía. Entró y se acercó a los pies de la cama, pero cuando vio el ceño fruncido en el rostro de ella, sus pensamientos primarios desaparecieron.

Sí, este asunto de la esposa había empeorado y solo enturbiaría las cosas entre ellos. Tendría que pensar en un acuerdo que satisficiera a ambos. No podía—no quería—perder a Julieta. No por algo tan insignificante como una esposa.

Con un suspiro de pesar, Carrick se desabrochó la camisa. Debería ir a su propia cama... Se quitó los pantalones, se bajó los calzones y se metió bajo las sábanas junto a Julieta. Se sentía tan bien tenerla a su lado. No podía imaginar estar en otro lugar.

No esperaba encontrar el sueño con tanta facilidad, pero la respiración rítmica de ella lo tranquilizó como una canción de cuna y sus ojos se cerraron.

* * *

Carrick se despertó cuando Julieta se revolvió y abrió los ojos para ver el sol que se elevaba sobre la línea de árboles más allá de la ventana del dormitorio. El pelo de Julieta se agitaba sobre la almohada y el ligero ceño de la noche anterior seguía marcando su frente. Se apoyó en un codo y rozó con los labios ese pliegue de preocupación.

Sus ojos se abrieron de golpe.

—Buenos días, cariño—murmuró.

Su rostro se relajó.

Carrick le apartó un mechón de pelo de la mejilla.

—¿Pasamos el día en la cama, cariño?

Ella se rió y la calidez de su tono hizo que la sangre subiera directamente a su verga. Ella se tensó bruscamente y las líneas de expresión volvieron a aparecer.

—Hay mucho que coser—Se sentó. El movimiento hizo que su camisa se deslizara por encima del hombro y dejara al descubierto su blanca piel.

—Olvida la costura—Volvió a acomodarse entre las almohadas—. Quítate la camisa y siéntate sobre mí, muchacha—Ella miró la sábana, tensada por su miembro, y éste se engrosó aún más.

Ella le dio una mirada de reojo y por un largo momento él pensó que pretendía negarse. Luego se arrodilló y, muy lentamente, se subió el dobladillo de la camisa hasta los hombros.

Con los ojos clavados en los de él, tiró la prenda al suelo.

—Ya llego tarde. ¿Por qué no unos minutos más?

—¿Minutos?—Carrick resopló, recordando su burla de que solo duraría unos minutos en su cama. Ah, todavía tenía mucho que enseñarle. Siguió su mirada sobre sus pechos. Sus pezones sobresalían de una manera que suplicaban ser chupados.

Se sacudió el pelo. La masa de mechones sedosos cayó sobre sus hombros mientras ella retorcía los dedos en las sábanas y la retiraba lentamente de su cuerpo. Él soltó un largo suspiro cuando el suave material se deslizó sobre su carne.

Ella no lo montó inmediatamente, como él quería. En su lugar, le pasó un dedo por el muslo y el pecho, y luego volvió a bajar. Su suave tacto, junto con la espera, amenazaba con volverlo loco.

—Siéntate sobre mí—volvió a exigir.

Una pequeña sonrisa se dibujó en la comisura de la boca de ella mientras pasaba una pierna delgada por encima de las caderas de él y se sentaba a horcajadas. Le apretó los pechos con suavidad. Ella cerró los ojos y gimió. Suavemente, Carrick le pellizcó los pezones. Sin embargo, ella no se deslizó sobre él. En cambio, se inclinó hacia él. Los rizos entre sus piernas le hacían cosquillas en el tronco, y luego su monte lo golpeaba. El placer lo recorrió.

—Te necesito, muchacha, por favor—le suplicó.

Ella movió las caderas—¿Cuánto?

—Desesperadamente—Luchó contra la tentación de tomarla por las caderas y arrojarla sobre él.

—Ya veo—murmuró ella, bajando su cuerpo con una lentitud insoportable hasta que la punta de su eje rozó su húmeda entrada—. Tal vez debería apiadarme de ti y...

Carrick le agarró las caderas y la empujó hacia abajo mientras él subía.

Ella respiró con fuerza. Él comenzó a agitarse debajo de ella. Él penetró más profundamente. Ella apoyó las manos en el pecho de él y se apoyó en su dura longitud.

Su respiración se aceleró. La preocupación siguió a la satisfacción. Por la forma en que su canal se cerraba alrededor de su verga, él no duraría mucho. Apretó la mandíbula y se sometió a su deseo de llegar al orgasmo. Deslizó el pulgar entre los pliegues húmedos de la mujer y lo hizo girar sobre el bulbo hinchado. Ella se balanceó contra él y él hizo un esfuerzo hercúleo para retrasar su placer.

Los músculos de ella se pusieron bruscamente rígidos y su canal se tensó en torno a él. Carrick perdió el control. Un gemido salió de sus pulmones. Un placer cegador le hizo sentir un espasmo en el cuerpo y vertió su semilla en lo más profundo de ella.

Cuando la última oleada de placer se desvaneció, ella se desplomó contra su pecho y él la acunó cerca mientras le pasaba los dedos por el pelo. Era tan hermosa. Quería que el momento durara para siempre.

Un repentino golpe en la puerta hizo que ambos se sobresaltaran.

—¿Señorita Thatcher?—Llamó una criada— ¿Está despierta?

Carrick ahogó una sonrisa mientras Julieta se deslizaba de su cuerpo y saltaba de la cama.

—Un momento, por favor—contestó.

Él se recostó en las almohadas, cruzó los brazos detrás de la cabeza y la vio comenzar su turno.

Julieta se apresuró a ir a la puerta y la abrió un poco.

—Es la viuda—informó la criada—. Desea verte en la sala de desayunos, de inmediato.

Carrick se tensó.

—Dice que te des prisa.

Julieta prometió venir inmediatamente y cerró la puerta. Se enfrentó a Carrick, con la cara blanca.

—La viuda—susurró, y se dirigió al armario para elegir un vestido de día de muselina verde claro.

Carrick se levantó y recogió los calzones del suelo y se los puso por encima de las caderas, con un ojo puesto en Julieta. Ella parecía aterrorizada. Él frunció el ceño. ¿Podría su madre estar atormentando a la muchacha? Recogió su camisa del suelo y la arrojó sobre la cama antes de cruzar hacia donde Julieta se retorcía dentro de su bata.

—Permíteme—Ató los lazos de la espalda mientras estudiaba su rostro en el espejo del armario. Las líneas de expresión habían vuelto a aparecer—.

No te preocupes tanto, muchacha. Lo que hay entre nosotros no es asunto de mi madre.

Ella levantó sus ojos hacia los de él en el espejo.

—Conozco las reglas, Carrick, y sé que no debo romperlas.

Se liberó y tomó el cepillo del tocador para dar unas cuantas pinceladas a su cabello antes de volverse hacia el espejo para una última inspección. Satisfecha, se apresuró a volver hacia él, se puso de puntillas y le dio un rápido beso en la cuenta antes de salir corriendo por la puerta.

Carrick respiró con calma.

Ella sabía que no debía romper las reglas, ¿eh?

Tenía que hacer algo al respecto.

Capítulo trece

Corbatas y tarjetas

LA VIUDA levantó la vista de su desayuno de huevos y tostadas cuando entró Julieta.

—Alteza—graznó Julieta con los labios resecos e hizo una reverencia.

—Julieta, querida, por favor, toma asiento—La viuda asintió, indicando una silla en la mesa a su derecha—. Es hora de que hablemos.

Julieta respiró hondo y tembloroso. Es hora de hablar. No podía haber nada bueno en esas palabras.

—Por supuesto, Su Excelencia—murmuró mientras se sentaba obedientemente en la silla indicada.

—Es usted de Londres, ¿verdad?—Preguntó la viuda mientras colocaba su huevo duro en su soporte de porcelana y rompía la cáscara con una cuchara.

—Sí, Alteza.

—Thatcher—replicó la mujer, pensativa—. ¿Los Thatcher de Sussex?

Julieta parpadeó. ¿Los Thatcher de Sussex? Desconcertada, negó con la cabeza.

—Entonces, ¿dónde vive su padre?—Preguntó la viuda.

Julieta sonrió con un poco de tristeza (había practicado esta respuesta en el espejo cientos de veces) y dijo:

—Mi padre... ha fallecido, Alteza—Podría haber sido la verdad. ¿Quién lo iba a saber?

La mujer pareció sorprendida.

—Mis condolencias, niña. ¿Y tu madre?

Julieta se mordió el labio, luego captó la acción nerviosa.

—Mi madre...

—Buenos días, madre—interrumpió la profunda voz de Carrick.

Julieta le envió una sonrisa de alivio.

La viuda asintió a su hijo.

—Catherine mencionó que nos enviarás a Londres—Le dio otro golpe a su huevo.

—Sí. Por la cantidad de baúles que veo ensuciando los pasillos, piensas llevarte toda la hacienda—Carrick tomó asiento frente a la mujer.

La viuda frunció los labios, luego se volvió hacia Julieta y le dio una palmadita en la mano.

—Vete, querida. Ya hablaremos más tarde.

Julieta parpadeó, sorprendida por la amabilidad del gesto, pero no hizo falta que le pidieran dos veces que se fuera. Ignorando a Carrick, se levantó y corrió hacia la puerta.

Antes de llegar al pasillo y de que la puerta se cerrara, captó las palabras de Carrick:

—Ya estoy harto de que te metas en mis asuntos.

El miedo anudó el estómago de Julieta. La viuda sabía de la aventura de su hijo. Dobló una esquina y se topó con Catherine. La joven la agarró de los brazos y la hizo girar en un baile.

—Nos vamos mañana—afirmó, con una sonrisa de oreja a oreja—. Oh, por favor, di que mi nuevo vestido está listo. Tengo que ponérmelo en las vacaciones.

—¿Se marchan?—Preguntó Julieta, sorprendida.

—Carrick nos va a enviar a Londres—comentó, poniéndose en marcha mientras Julieta reanudaba su camino por el pasillo—. Y a Brighton. A mamá le encanta el mar. Pero necesito mi vestido. ¿Dices que puedes terminarlo antes de que nos vayamos mañana, por favor?

Julieta sonrió mientras se acercaban a las escaleras.

—Haré todo lo posible.

—¡Gracias, gracias mil veces!—Gritó Catherine—Ahora debo hacer las maletas—Le lanzó un beso a Julieta y subió corriendo las escaleras delante de ella.

Julieta la vio partir con una sonrisa y comenzó a subir las escaleras. A decir verdad, se sintió aliviada de escapar de la mirada censuradora de la viuda y de la prometida e incómoda charla sobre sus padres. Con suerte, la mujer estaría demasiado ocupada preparándose para el viaje como para continuar la charla. Pasar el día escondida en la sala de costura haciendo el dobladillo del vestido de Catherine ayudaría a que eso sucediera.

El día resulto más ocupado de lo esperado, no solo con el acabado del vestido de Catherine sino con el arreglo de varios vestidos de día y de mañana que la viuda envió a reparar. Julieta estaba segura de que tanto la viuda como su hija habían empacado todas las prendas que poseían.

En dos ocasiones, Carrick se dejó caer por allí. Pero el ajetreo le hizo marcharse sin más que una mirada, sensual y seductora, entre ellos. Finalmente, el reloj marcó la medianoche y Julieta se levantó rígidamente de su silla. Le dolían los dedos, pero soltó un suspiro de satisfacción por el trabajo bien hecho.

No tardó en ordenar la habitación. Tiró la última bobina de hilo en su cesta de costura y se acercó a cerrar la tapa. Un destello de seda le llamó la atención y sonrió mientras deslizaba un dedo sobre la corbata de Carrick, que seguía a buen recaudo. Con suerte, él estaría esperando en su cama. Por muy cansada que estuviera, se despertaría en cuanto sus labios acariciaran su piel.

Para su decepción, llegó y encontró la cama vacía.

Tal vez él la considerara demasiado cansada. Julieta pensó en buscarlo en su habitación, pero con la suerte que tenía últimamente, se encontraría directamente con la viuda.

Con un suspiro, se desnudó, se echó la barandilla sobre los hombros y se dejó caer en la cama.

Estaba casi dormida antes de que su cabeza tocara la almohada.

* * *

Julieta se despertó con el sol del mediodía calentándole la cara. Se sentó de golpe, con el corazón palpitando. Se había quedado dormida. La viuda y su hija se habían ido a Londres hacía horas. Se vistió a toda prisa y se apresuró a bajar las escaleras por si acaso aún no habían partido. Lo último que necesitaba era que la viuda encontrara una razón para no quererla.

En el último escalón, se encontró con una de las criadas.

—¿La duquesa? ¿Catherine?—Preguntó Julieta, haciendo una pausa para recuperar el aliento.

—Señorita, se fueron al amanecer—respondió la criada y se alejó arrastrando los pies.

Julieta soltó un largo suspiro y se mordió el labio. Oh, bueno. Sin duda, la viuda se había dado cuenta de que faltaba en la fila de personal que les deseaba un buen viaje. Solo podía esperar que la mujer olvidara el asunto antes de verla de nuevo.

Miró a su alrededor, observando lo silencioso que parecía el lugar, y luego comenzó a subir las escaleras. Se detuvo en la biblioteca, esperando ver a Carrick, pero la sala estaba vacía. Con un suspiro, cerró la puerta y se dirigió a la sala de costura. Puede que la viuda y su hija se hayan ido, pero a ella aún le quedan muchos vestidos por coser.

Julieta se detuvo al ver la puerta abierta del cuarto de costura. ¿Se había olvidado de cerrarla anoche? Entró en la habitación y frunció el ceño. Faltaban los vestidos parcialmente cosidos y su cesta de costura. Miró a su alrededor y se dio cuenta de que también faltaban los baúles de tela. Al girar lentamente, su mirada se fijó en la cesta de costura que estaba en el suelo, cerca de la puerta interior que daba a una habitación contigua.

Se apresuró a ir a la cesta, pero para su sorpresa, la halló vacía. Su mirada se fijó en unas tijeras que asomaban por debajo de la puerta. Al tocar la puerta, ésta se abrió ligeramente. En la alfombra del centro de la habitación contigua había un alfiletero. Dos metros más allá había un carrete de hilo.

—Esto es muy extraño—murmuró y recogió sus herramientas, y luego se fijó en una segunda bobina de hilo cerca de la puerta más lejana.

Se detuvo y sonrió. Esto era un rastro de migas de pan. Obra de Carrick. Tenía que serlo. Con el corazón cada vez más ligero, siguió el rastro de alfileteros, dedales y carretes de hilo por las escaleras de la servidumbre y salió por una puerta lateral que llevaba al jardín del castillo.

El rastro se extendía por la hierba. Cerca de donde el sendero del jardín se perdía tras un bosquecillo de árboles, un trozo de muselina estaba artísticamente colgado sobre un arbusto. Frunció el ceño y se apresuró a rescatar la tela antes de que se manchara.

¿En qué estaría pensando el hombre? Sin embargo, sonrió mientras doblaba la tela y la colocaba sobre su cesta de costura. Vio los naipes, una línea que bajaba por el centro del camino y desaparecía detrás de los árboles.

Lo había echado de menos la noche anterior. Su sonrisa se amplió mientras seguía el rastro, recogiendo las cartas por el camino hasta que el sendero dio paso a un jardín privado. Había un cenador bajo un roble centenario y Carrick practicaba el tiro con arco en las inmediaciones, vistiendo solo una camisa blanca y un par de calzones grises oscuros ajustados.

Se detuvo para admirar sus musculosas nalgas y sus poderosos muslos. Sus dedos ansiaban deslizarse por esos músculos firmes y cálidos. Nunca le habían parecido especialmente fascinantes las nalgas y los muslos de un hombre.

Él se inclinó para sacar una flecha de un carcaj que estaba sobre la mesa y ella observó el movimiento y la flexión de los músculos de sus muslos antes de apartar la mirada. Un latido palpitó entre sus muslos.

Él bajó el arco y ella levantó la mirada hacia su rostro. Su ceja se alzó divertida. Cielos, solo podía alegrarse de que él no estuviera al tanto de sus pensamientos. Llevaría una semana paseándose por la finca con satisfacción... o quizá más.

Una sonrisa maliciosa se dibujó en su rostro mientras torcía un dedo y le indicaba que se uniera a él. Cuando ella llegó, tomó la canasta de costura y la dejó en el suelo mientras ella miraba el blanco, tomando nota de la media docena de flechas agrupadas alrededor de la diana.

—Tienes una puntería asombrosa—dijo ella.

Un destello de humor entró en sus ojos.

—Sí, mi flecha es dura y su puntería certera.

Ella volvió a mirar a los ojos de él, obligándose a no mirar su entrepierna. El hombre no tenía vergüenza. No pudo evitar una sonrisa. Luego recordó que se había quedado dormida.

—Me temo que no me despedí de la duquesa y de Catherine —confesó.

Él se rio.

—Mamá insistió en que te pusieras al día con tu descanso. No se ofendió, si eso es lo que te preocupa.

Eso era difícil de creer, pero ella sonrió de todos modos.

—Bueno, ya he descansado bien.

Su ceja se alzó cuando pasó por delante de ella para apoyar su arco contra la pared más cercana del mirador. Murmuró:

—Por ahora, ¿sí?

Ella bajó las pestañas.

—He encontrado un objeto muy curioso en tu cesta de costura.

Se agachó y sacó algo de su carcaj.

Su corbata. Ella tomó la tela, repentinamente con la lengua trabada.

—La has guardado—afirmó él.

Ella levantó sus ojos hacia los de él. Lentamente, él bajó sus labios a los de ella. Olía a aire fresco y a la especia de sándalo de su corbata. Ella cerró los ojos y se fundió en su abrazo, un beso emocionante, suave, tierno y dulce.

Un beso que terminó demasiado pronto.

Él se apartó y ella abrió la boca para objetar, pero él la sorprendió al levantarla en sus brazos.

—Tengo ganas de probar tus encantos, muchacha—La miró con los ojos entrecerrados—. Aquí y ahora.

Ella se estremeció.

—¿Aquí?

La llevó a la glorieta y la acostó sobre una tela escocesa extendida en el suelo de madera desgastada.

—Carrick—dijo ella con fingida severidad.

Él se encogió de hombros y se dejó caer a su lado. Las objeciones murieron en sus labios cuando él le cubrió los labios y le metió la lengua en la boca. Un chisporroteo de calor se disparó en su interior y apretó su sexo.

Le soltó el moño y le pasó los dedos por los rizos mientras le besaba desde los labios hasta el cuello, antes de detenerse a chupar la tierna carne de su oreja. Ella deslizó las manos por sus brazos. Los músculos se movieron bajo sus dedos cuando la palma de él rozó su cintura. Cubrió un pecho y amasó la suave carne. El calor se acumuló en su vientre. Ella arqueó las caderas.

—Estás más que preparada, ¿verdad?—Él se rio.

—Tómame—susurró ella.

Se puso de rodillas, le subió el vestido y le bajó los calzones.

—Abre las piernas para mí, muchacha— murmuró mientras se inclinaba y le besaba los ojos cerrados.

Ella accedió, disfrutando de las sensaciones intensas de sus labios cuando él le plantó otra línea de besos a lo largo de la mandíbula y en la garganta.

Se tensó esperando que él se apalancara sobre ella. Una mano cálida le agarró el muslo. Un temblor le recorrió el estómago. Le agarró el otro muslo y Julieta se estremeció. El hombre era un mago. Percibió el desplazamiento de su peso sobre sus piernas y jadeó cuando unos cálidos labios se cerraron sobre su sexo.

Julieta se levantó de un empujón y se quedó helada al ver la cabeza de Carrick entre sus piernas. Aunque había oído a muchas damas de Afrodita hablar de llevarse el miembro de un hombre a la boca, nunca había oído a un hombre hacer lo mismo con una mujer. La lengua de él acarició su núcleo lubricado. El placer se disparó en ella.

—Carrick—respiró ella.

Él se movió para poder mirarla, pero su boca continuó con su perverso trabajo. Ella se retorció cuando él la chupó. Él se rio contra su carne. El sonido hizo que los sentidos se agudizaran.

—Recuéstate y cierra los ojos, muchacha. Deja que te complazca.

¿Complacerla? ¿Cerrar los ojos? Él chupó más fuerte. Ella no creía que pudiera apartar la mirada de su oscura cabeza enterrada entre sus muslos aunque quisiera. Él sacó la lengua de la base de su canal, subió por sus húmedos pliegues y rodeó su sexo.

Un gemido sin palabras escapó de sus labios. El placer aumentó. Rodeó sus muslos con los brazos y la apretó más contra su boca. Con las palmas de las manos apoyadas en el suelo, ella cerró los ojos, se preparó y se estrechó contra él.

Su orgasmo la hizo estallar, robándole el aliento mientras su cuerpo tenía espasmos, la fuerza de su placer le arrancó un grito.

—Carrick. Oh, Dios, Carrick.

Julieta se desplomó contra la madera. Él la acarició hasta que el último escalofrío disminuyó, dejándola débil de rodillas.

—No pude durar mucho—susurró ella, sintiéndose inusualmente tímida.

Él se rio y se enderezó.

—Tu pasión es lo que más amo de ti, Julieta.

Amor. La palabra se deslizó de su lengua con tanta naturalidad, pero quedó suspendida en el aire entre ellos como el plomo.

Se desabrochó los pantalones. Su miembro abultado se liberó. Su corazón latía con fuerza. Se acomodó entre sus piernas y se enterró dentro de ella hasta la empuñadura. Julieta le rodeó el cuello con los brazos mientras él empujaba con creciente urgencia. Su aliento bañaba su carne en el punto en que el cuello se unía a los hombros. Los escalofríos recorrieron su carne. La respiración de él se entrecortaba. El placer la recorrió. Él empujó con más fuerza y gimió cuando su canal se inundó con su semilla.

El corazón de ella tronó. Nunca se cansaría de este hombre. Él acarició más despacio y una extraña sensación de necesidad la recorrió. La inesperada necesidad de llorar surgió. Julieta enterró la cara en su hombro hasta que, por fin, él se relajó. Respiró profundamente y su pecho se expandió contra el de ella. Julieta apretó el cuello de él en el momento en que él se levantó sobre los codos. Le tomó de la barbilla con la mano y la besó lenta y tiernamente. Finalmente, rompió el beso y se apartó de ella, apoyándose en un codo.

Con suavidad, le pasó los dedos por el pelo antes de colocarle un rizo detrás de la oreja.

—Ahora que tenemos Lennoxlove House para nosotros solos, te haré el amor en cada habitación y contra cada árbol.

Ella levantó las cejas y se rio.

—Estamos rodeados de un bosque, Carrick.

Su risa se suavizó en una cálida sonrisa.

—Entonces estaremos ocupados, ¿no?

Capítulo catorce

Una decisión

AMOR. CARRICK NUNCA había pronunciado esa palabra en presencia de una mujer. De hecho, se había cuidado mucho de evitarla. Con Julieta, la palabra fluía sin esfuerzo de sus labios. Al principio, pensó que su madre le había metido en la cabeza esa tontería. Ella le había sorprendido aquel día en el salón de desayunos. Abrió la boca para informarle de que ya no se ocuparía de sus intentos de emparejamiento, pero ella le anunció que ya no creía que sus servicios fueran necesarios en ese tema en particular ahora que él había encontrado el amor.

El amor. Había pensado que su madre estaba bastante loca, pero ahora ya no estaba tan seguro.

Cuanto más pensaba en Julieta, más le convenía la palabra.

—No estás prestando atención—el regaño de Julieta rompió sus pensamientos.

Carrick levantó una ceja. Estaban tumbados en su cama con el sol de la tarde entrando por la ventana de su habitación. Últimamente, habían jugado a las cartas y apostado prendas de vestir, pero él aún no había ganado. Hoy, sin duda, no sería diferente. A él solo le quedaba la camisa, mientras que Julieta apenas había perdido las bragas.

Sonrió. En el ángulo en el que estaba tumbado, tenía una buena vista de sus blancos muslos.

—Concéntrate, Carrick—Julieta se rio, incluso mientras abría las piernas para proporcionarle una visión aún más distractora.

De hecho, ¿cómo iba a concentrarse en las cartas? Ella tenía toda su atención.

—Es hora de mostrar la mano—añadió ella.

Puso las cartas boca arriba en la cama. Tres sotas y un dos.

Julieta resopló y ladeó las cartas con sus delgados dedos. Reinas. Cuatro de ellas. Era la tercera vez que las veía en esa ronda.

—Estás haciendo trampa—dijo él.

—¿Tú crees?

Ella dijo las palabras con tanta seguridad que él se preguntó momentáneamente si se había equivocado.

—Bueno, ¿no lo estás haciendo?

—¿Lo preguntas? Entonces no puedes probar nada—Ella soltó una risita.

Él puso los ojos en blanco. ¿Cómo podía un hombre concentrarse en algo que no fuera su delicioso cuerpo? Debería haber sabido que nunca debía dudar de sí mismo.

Ella dejó caer las cartas sobre la cama y señaló con la cabeza su camisa.

—Quítatela.

Pff. Como siempre, él fue el primero en desnudarse... pero no por mucho tiempo.

Mientras él se desabrochaba los botones, ella se levantó de la cama y levantó la tapa de su cesta de costura, que descansaba sobre la mesita de noche. Sacó su corbata de la cesta, se volvió hacia él y le ordenó:

—Recuéstate y cierra los ojos.

Él levantó una ceja pero obedeció, su verga se endureció aún más.

—Como quieras, mi amor.

Ahí estaba de nuevo. El amor.

Julieta no pareció darse cuenta. Se rio y se apresuró a ir a su lado de la cama, luego se inclinó y ató el corbatín como una venda.

Sus pechos le rozaron el hombro. Él buscó los suaves montículos, pero ella evadió su agarre.

—Ahora, ahora, no te muevas, Carrick. Aún no.

El perfume de su pelo flotaba a su alrededor. Olía a rosas. El suave crujido de la tela le indicó que se había desvestido. La idea no hizo más que aumentar su necesidad.

Un dedo delicado le tocó el hombro y luego recorrió la línea central de su pecho y rodeó la base de su miembro antes de que ella envolviera su verga con sus pequeñas manos. Él se estremeció en anticipación, pero entonces un pensamiento cruzó su mente.

—Dime, muchacha, ¿tenías esto en mente cuando reclamaste mi corbata en el Baile de Medianoche?

Ella soltó una carcajada, y luego murmuró en un tono bajo y sensual:

—No. Mi intención era ganar la apuesta y librarme de ti.

Sus suaves y húmedos labios se cerraron sobre la punta de su pene mientras introducía varios centímetros de su longitud en la boca y comenzaba a chupar.

Él gimió.

—Qué boca tan deliciosa —jadeó.

Lentamente, ella lamió toda su longitud, antes de llegar de nuevo a la punta. Respiró con fuerza y luchó por el control, pero fue en vano. Bombeó más rápido. El placer—la necesidad—afloró a la superficie. La necesitaba. Su respiración se entrecortó cuando su orgasmo empezó a llegar a la cima. Que Dios lo ayude, ella era despiadada. Carrick le arrancó el miembro de la boca y le quitó la venda de la cara.

Se arrodilló en la cama, desnuda. Con un gruñido, la volteó sobre el colchón y la montó. Ella se arqueó contra él y, para su sorpresa, en media docena de golpes, gimió de placer. En cuestión de segundos, su orgasmo lo estremeció.

Carrick echó la cabeza hacia atrás y la llenó hasta el tope. Cuando las últimas ondas de placer disminuyeron, se apartó y la abrazó. Se quedaron tumbados, somnolientos y saciados.

Ni en sus sueños más salvajes había pensado en encontrar una mujer que pudiera igualar su pasión paso a paso. Igual de tentadora, su mente era aguda.

Tenía que hacer algo con ese maldito contrato, y pronto. Un año no era suficiente.

Necesitaba que Julieta fuera su amante, para toda la vida.

La comprensión lo golpeó con una intensidad que lo dejó sin aliento, y luego se asentó sobre él de forma tan natural como la respiración. Solo había una solución: tenía que casarse con ella.

Eso suponía un reto. No por su falta de nobleza de nacimiento, sino por la locura de su madre. Seguramente, podría encontrar una forma de superar a esa sabia guardiana del mundo.

El sueño difuminaba los bordes de su conciencia. Si alguien podía ayudarle a bailar a través de este fango del corazón, sería Sir Stirling James.

* * *

Dos semanas después, Stirling entró en la biblioteca de Carrick.

—Mi querido amigo—dijo con voz risueña mientras atravesaba la puerta—. He venido a recoger mi preciado semental.

Carrick cerró el libro que había estado leyendo y se levantó de su escritorio.

—Debería haber sabido que vendrías tú mismo. Tienes un talento asombroso para buscar pareja. Nunca debí dudar de ti.

Ambos se rieron y se dieron una palmada en la espalda.

Una criada entró llevando una bandeja de plata con una jarra y dos vasos llenos de clarete. Se acomodaron cómodamente en unos sillones de caoba de respaldo alto, cerca de la ventana, y la sirvienta colocó la bandeja en la pequeña mesa de palisandro que había entre ellos.

Carrick tomó una copa y la levantó en señal de saludo.

—Algo especial que acabo de recibir de Francia—dijo.

Stirling tomó el vaso restante. Se inclinó hacia delante y apoyó los codos en las rodillas.

—He encontrado una solución para tu problema, Carrick. Bueno, varias soluciones, ya que tienes más de un problema.

Su amigo escurrió su clarete y devolvió el vaso vacío a la bandeja.

—Francia—replicó en un tono de finalidad—. Resulta que Víctor de Balzac, dramaturgo extraordinario, ha tenido dificultades para encontrar una mujer lo suficientemente apasionada para, digamos, satisfacer sus necesidades. He descubierto que Madame Aphrodite siempre ha soñado con vivir allí como una mujer de recursos...—Dejó que su voz se cortara.

Carrick resopló. Si la madre de Julieta era la décima parte de apasionada que su hija, entonces Víctor de Balzac viviría el resto de su vida como un hombre muy feliz.

—¿Qué tiene que decir la señora Afrodita sobre esto?—Preguntó.

—El acto ya está hecho—aseguró Stirling con una carcajada—. Se han enamorado desde el momento en que se conocieron. Uno de los mejores encuentros que he hecho. Ella se va a Francia, aunque tú has accedido a que sus hijas se instalen.

—¿Cuántas dotes estoy financiando?—Preguntó con frialdad.

—Una pequeña fortuna—Stirling le regaló una sonrisa divertida—. Considérate afortunado de que no haya nada que tu dinero no pueda comprar.

Carrick se encogió de hombros. Para asegurarse la mano de Julieta en matrimonio, cedería su patrimonio. La idea de pasar las noches de juerga y de juego en las mesas de cartas había perdido todo su atractivo.

—¿Cuándo se lo vas a pedir?—Preguntó Stirling.

—Pronto—murmuró Carrick.

Una sonrisa se dibujó en sus labios. Había llegado el momento de jugar otra ronda de cartas.

Capítulo quince

La Reina de Corazones

JULIET LE SONRÍE A CATHERINE mientras la muchacha gira ante el espejo.

—Tienes mucho talento, Julieta—exclamó Catherine, evidentemente encantada de haber regresado de Londres para encontrar otra creación esperando en el taller de costura, esta vez un vestido de día de muselina azul con ribetes de raso verde—. Es precioso. No me lo voy a quitar. Me lo voy a poner ahora mismo. Es precioso.

Julieta sonrió mientras se quitaba los alfileres de la boca y los metía uno a uno en el alfiletero que descansaba a su lado en la alfombra.

—Estoy bastante de acuerdo—dijo el profundo barítono de Carrick desde la puerta—. Acompáñanos a cenar, querida.

Julieta miró por encima del hombro. Él estaba en la puerta, tan guapo como siempre con sus pantalones grises oscuros.

—Por favor, ven—pidió Catherine antes de saltar hacia su hermano. Le dio un beso en la mejilla y se apresuró a pasar junto a él para desaparecer por el pasillo.

Carrick se acercó a Julieta y le tendió la mano. Ella puso los dedos en los suyos y él la puso en pie, y luego la atrajo hacia sus brazos.

—Estoy de acuerdo con Catherine—dijo, abrazándola con fuerza—. Acompáñanos.

Ella reprimió un suspiro. Ahora que la viuda y Catherine habían regresado, el desfile de candidatas a esposa se reanudaría. La idea le irritaba más que nunca.

—No puedo, no cuando tengo tanto que hacer— Ella atrajo la cabeza de él hacia la suya y le dio un sonoro beso, luego se zafó de sus brazos.

Carrick se abalanzó sobre ella, luego se enderezó cuando la voz de su madre sonó en el pasillo.

—¿Carrick? Carrick, querido, los invitados han llegado.

—La cena, por favor—susurró él, tomando su mano y plantando un beso en la punta de sus dedos.

Ella negó con la cabeza.

—Acompáñame con los caballeros a las cartas después de la cena en el estudio.—Volvió a estrecharla entre sus brazos—. Después, disfrutaremos más de esto. ¿Mmm? Me gustaría verte con tu máscara y nada más.

—¿O tu corbata?—Ella sonrió y agitó sus oscuras pestañas. Habían descubierto muchos usos deliciosos para sus corbatas.

—Sí.

—¿Carrick?—La voz de la viuda sonó mucho más cerca.

—Maldita sea—La soltó y se apresuró a salir de la habitación.

El día voló. Julieta terminó una chaqueta de montar para Catherine, deteniéndose solo para disfrutar de un rápido tentempié de tostadas untadas con mantequilla fresca y cubiertas con mermelada.

Por fin se puso el sol y volvió a su habitación para prepararse para una noche de cartas. A menudo jugaba a las cartas con Carrick en la cama, aunque rara vez terminaban una partida, y aunque había descubierto que él era un tramposo de las cartas por derecho propio, ella seguía teniendo ventaja.

Recogió su máscara veneciana blanca y la hizo girar en sus manos antes de atarla al poste de la cama, imaginando el placer que le proporcionaría más tarde. Julieta echó un vistazo a la selección de vestidos que había en el armario, pasando por alto los que tenían los corpiños provocativos que Carrick prefería, y eligió un tafetán color melocotón con rosetas de raso blanco que adornaban el escote redondo. Finalmente, se detuvo ante el espejo, le dio una última palmadita a sus bucles y se dirigió a la puerta.

Cuando llegó al estudio, un grupo de caballeros descansaba alrededor de la mesa de cartas. Los caballeros se levantaron inmediatamente y Carrick la invitó a unirse a ellos.

—Caballeros, les presento a Julieta Thatcher— saludó Carrick, y luego, dirigiéndose a los dos caballeros de pelo plateado, continuó:—Lord Haynes y el señor Lamont—Por último, señaló con la cabeza al joven corpulento que estaba claramente asombrado por los pechos de Julieta—. Y el señor Thaddeus Turnby.

Julieta hizo una cortés reverencia y tomó asiento. Los hombres la siguieron.

—Voy a repartir—anunció Carrick.

Mientras los caballeros murmuraban que estaban de acuerdo, ella sonrió y se preparó para disfrutar de la velada. Mientras jugaban, observó a sus oponentes, detallando y catalogando sus expresiones y tics a medida que se desarrollaban las rondas.

Al tercer juego, determinó que solo el anciano Sr. Lamont poseía algún tipo de habilidad. Miró a Carrick mientras repartía otra mano, sin saber por qué le había pedido que se uniera a su juego de cartas.

Cuando recogieron sus cartas, Julieta miró las suyas. Reinas. Las cuatro. Parpadeó sorprendida y miró la cara divertida de Carrick. Estaba claro que le había repartido una mano ganadora. Frunció el ceño, preguntándose por qué, mientras los hombres miraban sus cartas y colocaban sus fichas.

Cuando el Sr. Lamont levantó una mano para golpear la mesa, Carrick levantó un dedo.

—Espere—dijo—. Me gustaría añadir esto.

Observaron cómo sacaba un pergamino partido por la mitad del bolsillo de su pecho y lo depositaba sobre las apuestas.

—¿Qué es esto?—Preguntó el corpulento Lord Haynes.

—Espera—Carrick cruzó miradas con Julieta y luego sacó algo de su bolsillo delantero y lo dejó caer sobre el papel.

Julieta se quedó helada.

El anillo de compromiso heredado de los Hamilton brillaba a la luz de la araña. Sus ojos se fijaron en el encabezamiento del papel y reconoció su contrato... partido por la mitad. Su corazón latía con fuerza. Seguramente, no era tan tonto como para proponerle matrimonio. No era un juego de cartas cualquiera. Se le hizo un nudo en la garganta.

Levantó la vista hacia él.

Él se inclinó hacia atrás y apoyó un codo en uno de los reposabrazos, luego levantó una ceja como si la desafiara a rechazar la oferta.

—¿Qué tenemos aquí?—El anciano levantó la mano para dar un golpe a la mesa.

Julieta se puso en pie de un empujón.

—Me retiro de la ronda.

Carrick se levantó lentamente.

—Por Dios, muchacha—se rió el Sr. Lamont—. Así no se juega al comercio.

—Entonces su gracia es afortunada—afirmó ella.

—Apenas—murmuró Carrick.

Julieta se giró y salió corriendo de la habitación.

—¡Espera!—Llamó Carrick.

Ella corrió. Él la alcanzó en las escaleras, trató de tomarla, pero ella evadió su agarre y corrió hacia arriba tan rápido como pudo.

—Julieta, ¿por qué? ¡Me debes una respuesta!—Gritó él.

Y tenía razón. Julieta se detuvo en el rellano y retrocedió hacia la pared. Él se detuvo dos escalones por debajo de ella y la miró fijamente a los ojos.

—Sabes muy bien que nunca podré aceptar ese anillo—dijo ella con voz temblorosa.

—¿Por qué no?—Preguntó él.

—No seas absurdo—espetó ella.—. No soy una dama. No poseo ningún título ni dinero. ¿Cómo puedo casarme contigo? La diferencia en nuestra posición social es demasiado grande—Apretó las manos y luchó contra las lágrimas—. Soy tu amante, Carrick. Un caballero no se casa con su amante.

Él empezó a responder. Julieta sacudió la cabeza.

—Por favor, no más.

Recogió sus faldas y huyó a su habitación. Después de cerrar la puerta, se tiró de cabeza en su cama y se lamentó.

Él llamó a su puerta. Varias veces. Ella le rogó que se fuera. Él se fue con la promesa de que hablarían por la mañana.

Una hora después, Julieta respiró hondo y se incorporó, mirando las cartas arrugadas en su mano. Ahora sabía lo que tenía que hacer, antes de que la situación empeorara para los dos. ¿Qué le hacía pensar que podría tener éxito como amante?

Escribió una carta, rogándole que la olvidara. Por supuesto, la sociedad nunca la dejaría casarse con él, independientemente de lo que pudiera sentir. Pero ahora, ella sabía que no podría sobrevivir a que él se casara con otra persona. La idea de que él hiciera el amor con otra mujer le rompería el corazón. No se guardó nada, y terminó con una última línea que transmitía la verdad que había estado ocultando todo el tiempo: *Nunca podré compartirte con otra mujer y, por lo tanto, ya no podré ser tu amante.*

Después de eso, preparó una bolsa de lona con sus pertenencias, incluidas las cartas arrugadas del juego. Cuando los ocupantes del castillo se retiraron, ella se deslizó en el oscuro vestíbulo. Compraría el billete en la posada del pueblo y se iría antes de que alguien pensara en buscarla.

* * *

Siete días después, Julieta se bajó del carruaje del correo y subió a duras penas por la calle empedrada hacia la Casa del Placer de Lady Afrodita. Había tomado el carruaje más rápido que pudo encontrar para ir a Londres, pero se habían encontrado con más de un contratiempo en el camino, lo que retrasó la llegada del carruaje hasta el anochecer del séptimo día. No importaba. Su madre no la esperaba. No había tenido sentido escribir una carta que hubiera llegado el mismo día y a la misma hora que ella.

Había pensado en Carrick durante todo el viaje. Su corazón se retorcía, sabiendo que él nunca podría ser verdaderamente suyo. Finalmente, se giró ante la valla de hierro forjado. La casa de Lady Afrodita estaba delante de ella, pero en lugar de que las luces titilaran alegremente en las ventanas, todas menos una estaban a oscuras. Donde los acordes de la música habían flotado a través de las habitaciones delanteras, reinaba el silencio.

Julieta corrió hacia la puerta y giró el pomo de latón.

—¿Ma? ¿Ma?—Entró corriendo.

Una única vela en un soporte de peltre descansaba en el suelo, iluminando una habitación vacía, salvo una única silla en la que estaba sentada su madre, con la barbilla sobre el pecho.

Su madre se despertó de golpe y se puso en pie de un salto.

—Por fin estás aquí, niña—Sonrió ampliamente y le tendió los brazos.

Julieta frunció el ceño.

—¿Qué ha ocurrido?—Miró alrededor de la habitación vacía—¿Dónde están las chicas? ¿Los muebles? ¿Hay problemas con la ley?

Su madre la envolvió en un abrazo y se rió.

—Las chicas se han ido y se han casado, y lo mismo para mí, amor. El duque y yo pensamos que era más prudente que me fuera sin hacer ruido— Pellizcó las mejillas de Julieta—. No deberías estar aquí. No después de lo mucho que hemos trabajado para blanquear tu pasado. Por qué, solo volví aquí esta noche porque él me trajo. Está angustiado, el pobre chico. Tienes suerte de haber venido en este momento. Si hubieras venido por la mañana, habría estado ya navegando con la marea hasta Francia.

—¿Francia?—Repitió Julieta con total incredulidad—¿De qué estás hablando?

—Por Dios, niña, ahora soy una esposa de verdad, casada en una iglesia. Sir Stirling y tu duque me encontraron un marido. Pensamos que debería quedarme allí una semana. Ya sabes, hasta que las cosas se asienten y todos piensen que siempre he vivido en Francia—Le guiñó un ojo.

Julieta frunció el ceño, más confundida que nunca.

—Y no solo yo, las chicas también, cada una de ellas se casó con una dote adecuada—Su madre hizo un gesto con las manos para indicar la habitación vacía—. Todo para ti, Julieta. Cuando vuelva de Francia, nadie pensará en relacionarme con este lugar. Nos han hecho respetables. No hay nada que temer—Sacó un papel doblado de su sujetador y puso los ojos en blanco—. ¿No te he enseñado nada, chica? ¿Has roto tu contrato? De verdad, ahora, aunque es difícil enfadarse contigo—Chasqueó la lengua.

Julieta tropezó con la silla y se sentó, las palabras de su madre empezaban a calar. ¿Blanquear su pasado? ¿Miles de libras en dotes? Su mirada se posó en el contrato desgarrado en las manos de su madre.

—¿De dónde has sacado eso?—La última vez que lo había visto, estaba encima de un montón de fichas en una mesa de juego.

—¿De dónde más?—Su madre resopló.

—¿Carrick?—Julieta tragó saliva—¿Aquí?—Por supuesto, su madre había dicho eso, ¿no?

—Vino en su caballo directamente aquí después de traerme para ayudar a encontrarte   —dijo su madre—. El muchacho no ha dormido en días. Lo alojé en la habitación del cisne. Es la única que queda con una cama...

Julieta dejó de escuchar.

Subió corriendo las escaleras y bajó el pasillo hasta la tercera puerta de la derecha. La puerta estaba lo suficientemente abierta como para revelar una vela de canalón y la forma de un hombre tumbado de espaldas con el brazo sobre la cara, con un pie calzado colgando de la cama.

Carrick.

Se detuvo en el umbral de la puerta y lo miró fijamente durante un largo momento, luego giró sobre sus talones y huyó de vuelta por las escaleras hasta donde había dejado caer su bolsa de lona en el suelo.

—Julieta, espera—Su madre la tomó de la mano y le levantó la cara para mirarla a los ojos—. El hombre te quiere, niña. No seas tonta, no lo tires. Lo ha arreglado todo para que te cases con él. Pon una buena moneda dura donde está su boca.

Era el mayor cumplido que su madre podía hacer.

Julieta respiró profundamente, su corazón se aligeraba por momentos.

—Lo sé, mamá.—Rebuscó en su bolso hasta que finalmente encontró lo que buscaba.

—¿Entonces te casarás con él?—Preguntó su madre—Mi hija... ¿una dama, una duquesa?

El orgullo en la voz de su madre era difícil de ignorar.

—No porque sea un duque, mamá.

No. No tenía nada que ver con un título. Nunca lo tuvo. Ella no podía vivir sin él, así como él obviamente no podía vivir sin ella. Sería una tonta si lo tirara a la basura, especialmente cuando ella sentía lo mismo.

—Bueno, puedes amarlo si quieres—replicó su madre mientras subía corriendo las escaleras—. Mientras el resultado sea el mismo.

Julieta se apresuró a subir las escaleras y bajar el pasillo. Volvió a entrar en el dormitorio, cerrando suavemente la puerta tras ella.

Él seguía dormido en la cama.

Lentamente, le desabrochó la camisa y los calzones, sin perder de vista su respiración lenta y constante. En la penumbra, pudo ver el cansancio en su rostro. Estaba claro que había cabalgado mucho, pero tal vez el agotamiento en su rostro tenía más que ver con el trato con su madre. Rápidamente se deshizo el cabello, lo sacudió sobre los hombros y luego se quitó la bata de los hombros. La tela se acumuló en el suelo. Lentamente, se subió a la cama y se sentó a horcajadas sobre él.

Él se despertó con un sobresalto y comenzó a enderezarse, pero Julieta lo empujó de nuevo hacia abajo.

—Julieta—Su mirada bajó a sus pechos, al vértice de sus piernas, y luego volvió a subir a su cara—. Cásate conmigo, muchacha. Te lo ruego.

Su virilidad se agitó y comenzó a endurecerse bajo su sexo. Con una sonrisa, ella guió su eje hacia su húmeda entrada, hundiéndose completamente sobre él mientras revelaba las cartas arrugadas que había sacado de su bolsa de lona. Reina por reina, las dejó caer sobre su pecho, terminando por último con la reina de corazones.

—Mi hermosa duquesa—Él le dedicó una tierna sonrisa y luego la puso de espaldas. Ella chilló y jadeó cuando él la penetró.

Rodeó sus caderas con las piernas y se aferró a él con todas sus fuerzas.

—Eres mía—gruñó él, y la penetró profundamente.

Sí. Ella era suya.

Un vistazo a la pagina web La Redención del Marqués

El Casamentero
Libro Siete

Reglas de Refinamiento

Tarah Scott

Ella insistió en salvarle. Él la dejó.

Valan Grey, sexto conde de Edmonds, marqués de Northington, no desea engendrar un heredero. Su sobrino de tres años continuará con el título. Su fértil hermana ya ha dado a luz a su marido otro hijo y una hija para la buena suerte. El título está a salvo. Entonces, ¿por qué casarse?

La Srta. Jeanine Matheson se ha graduado en la Escuela para Señoritas de Lady Peddington. Sólo que Jeanine no está interesada en encontrar un marido, al menos no un marido joven y sano. Aspira a convertirse en una mujer de negocios como Lady Peddington. Todo lo que necesita es un caballero muy rico y muy mayor que se case con ella y luego, bueno... pase a su recompensa.

Capítulo uno

Valan Grey, el sexto conde de Edmonds, marqués de Northington, bebía un sorbo de vino y observaba cómo la belleza de cabello castaño bailaba el vals con el señor Evans, un pavo real en medio de un reluciente corral de gallinas. Evans la había pisado dos veces, pero su sonrisa no había flaqueado. Valan ralentizó su paseo y dedicó una mirada al otro lobo, casi un cachorro, que merodeaba cerca de las puertas abiertas del balcón. Una brisa agitó los mechones rubios peinados del joven. Los jóvenes de hoy en día confiaban demasiado en los abrigos bien confeccionados y en el cabello peinado para intentar captar la atención de una dama. Cualquier hombre de valor comprendía que lo que había debajo del abrigo le importaba mucho más a una dama de buen gusto. Volvió a prestar atención a la belleza. Su compañero se volvió hacia la música. Valan hizo una mueca. El paso de Evans se desviaba medio compás.

Entre los pálidos vestidos de raso, el remolino de la falda de terciopelo esmeralda de la belleza se amoldó a sus firmes nalgas antes de perderse de vista en el mar de bailarines. ¿Había sugerido Lady Peddington el vestido? La belleza destacaba ciertamente entre los recatados tonos pastel que flameaban en la pista de baile. Era mayor que las demás asistentes al Baile de Medianoche. Perfecto. Mañana enviaría una carta de agradecimiento a Honoria por su invitación a la velada. Tenía el don de conocer a la dama adecuada para un caballero.

Por encima de la música y el murmullo de los invitados, un grito femenino fue seguido de una maldición masculina. Valan miró a la izquierda, hacia la pequeña conmoción, pero una cortina medio cerrada ocultaba al hombre y a la mujer en la alcoba. Volvió a mirar hacia la pista de baile. Un borrón en el rabillo del ojo se registró un instante demasiado tarde, y una mujer chocó con él. El vino cayó sobre el borde de su copa y sobre su chaleco de seda marfil perfectamente planchado. Agarró la muñeca de la mujer para detener su caída.

Valan miró el chaleco, ahora arruinado, y luego se encontró con la mirada de la joven.

—Supongo que has aprendido suficiente etiqueta en casa de Lady Peddington para saber que es de mala educación chocar con los invitados. ¿O es esta tu forma de ganarte una presentación?

Los ojos marrones de ella se dirigieron al chaleco manchado de vino y luego volvieron a su cara. El miedo en su mirada se transformó en fastidio.

—No quiero una presentación.

—¿Dónde está esa perra?—Un hombre grande se abalanzó sobre la cortina de la alcoba, cojeando.

Valan lo esquivó hábilmente, arrastrando a la joven con él. El vizconde Hesston tropezó dos pasos, perdiendo por poco a dos damas. Ellas le fruncieron el ceño y se apresuraron a pasar mientras él se giraba.

Se detuvo cuando su mirada se encontró con la de Valan.

—¿Qué diablos haces aquí, Northington? No pensé que lugares de este tipo fuera uno de tus habituales—La música terminó y las últimas palabras se escucharon en voz alta en ausencia de la orquesta. Los ojos del vizconde se enfocaron sobre la joven—. ¿Buscas otra víctima, pichón?—La agarró.

Valan la apartó del alcance de su agresor.

—Esta «palomita» está ocupada en otra cosa.

El rostro del hombre se contorsionó de rabia.

—Ella es mía. He pasado la noche con ella. Me lo debe.

Valan miró hacia donde había visto por última vez a la bella en la pista de baile. Se había ido. Sin duda, reclamada por el joven lobo. Con un suspiro, volvió a prestar atención a Hesston.

—La propiedad es una cuestión de perspectiva. Como ha arruinado un chaleco muy caro, creo que me lo debe.

Ella tiró en un esfuerzo por liberarse. Valan se mantuvo firme y señaló con la cabeza a un camarero que pasaba.

—Mi reclamo supera al tuyo—dijo Hesston cuando el camarero se detuvo junto a ellos.

Valan dejó su copa de vino en la bandeja del camarero.

—No pertenezco a ninguno de los dos—dijo la chica.

El camarero frunció el ceño. Valan lo ignoró y dirigió sus ojos curiosos hacia ella.

—¿De dónde eres, muchacha?

—Eso no es de tu incumbencia —respondió ella.

—Quizá no—replicó él—, pero compláceme.

Ella negó con la cabeza.

—¿Prefieres ir con este hombre?—Señaló con la cabeza a Hesston, cuyo rostro enrojeció.

—Ella es mía—gruñó el vizconde.

—Paciencia—dijo Valan—. Ella puede elegir ir con usted, en cuyo caso no interferiré.

—No tienes derecho a interferir, en absoluto—espetó Hesston.

Valan le dirigió una mirada fría.

—Incluso tú puedes esperar sesenta segundos—Miró a la chica y levantó una ceja en forma de pregunta.

Ella miró a Hesston, luego le devolvió la mirada y negó con la cabeza.

— N-no.

—Ahí lo tienes—dijo él—. Incluso en el Baile de Medianoche de Lady Peddington, una dama es libre de elegir a sus acompañantes.

Hesston la miró con disgusto.

—Perra tonta—murmuró.

Ella levantó la barbilla.

—Prefiero ser tonta que cruel.

El comentario le valió una mirada desdeñosa de una mujer que pasaba del brazo de un hombre.

Hesston volvió a abalanzarse sobre ella. Valan se interpuso entre ellos.

—Estás borracho, Hesston. Vete a casa antes de que irrites a la persona equivocada.

—¿Como tú?—se burló.

Valan se encogió de hombros.

—No soy el mejor tirador de Edimburgo.

—Claro que no lo eres—gruñó.

—Es más probable que busque un patrullero de la calle Bow—dijo.

Los ojos de Hesston se abrieron de par en par.

—Ellos cazan delincuentes. Nunca he cometido un crimen en mi vida.

—Cuestión de perspectiva.

Un destello vicioso iluminó los ojos de Hesston.

—Si eso es así, entonces se podría sostener que te saliste de la ley en al menos una ocasión. Lo último que he oído es que el matrimonio con una mujer menor de edad va en contra de la ley—comentó Hesston.

Ah, el vizconde se había enterado de que la antigua némesis de Valan había regresado hoy mismo a Edimburgo. Los chismes viajaban rápido cuando la sociedad olía sangre.

Valan esbozó una sonrisa sosa.

—Entonces tengo la suerte de no haber cometido ese crimen.

—Te esforzaste bastante—declaró Hesston.

—Ni siquiera yo tengo siempre éxito—comentó Valan.

—Lograste ganar tu fortuna en un juego de cartas—gruñó—. Eso es altamente ilegal.

—Una partida amistosa de cartas nunca es ilegal—señaló Valan, y luego añadió antes de que el otro pudiera replicar:—Lo importante es recordar, mi querido vizconde, que los patrulleros prestan atención a los pares de alto rango.

El rostro del hombre se torció en un ceño fruncido.

—Tienes buena opinión de ti mismo.

Valan inclinó la cabeza.

—Estoy en excelentes términos con la calle Bow.

Hesston dio un paso atrás.

—Les pagas bien, es lo que quieres decir—Miró a la chica con desdén—. Un poco de muselina no vale tanto la pena.

—No soy un poco de muselina—replicó ella.

Hesston se dio la vuelta, pasó entre tambaleos junto a un grupo de hombres y se alejó a toda prisa.

Valan miró a la joven.

—Me has costado mucho esta noche.

Ella frunció el ceño.

—El coste de ese chaleco es una miseria para un hombre como usted.

Pensó en la belleza de cabello castaño.

—El dinero no es lo único que vale en este mundo, niña.

—No soy una niña.

Arqueó una ceja.

—Dime, ¿cuántos años tienes?

—Diecinueve.

—Una chica de diecinueve años que casi se deja abordar por un vizconde bastante desagradable.

—Suéltame—Ella tiró de la muñeca que él aún agarraba.

Se sobresaltó cuando algo le pinchó la muñeca. Valan sacó la mano hacia arriba. Ella tiró más fuerte y los invitados cercanos miraron hacia ellos. Valan les ofreció una sonrisa fría y luego instó a la chica a retroceder tres pasos hacia la alcoba.

—Te pido disculpas—comenzó ella, pero se interrumpió cuando él apretó más su mano.

Le dio la vuelta a la mano y le obligó a separar los dedos. Un modesto prendedor de diamante se balanceaba en la mitad de la palma.

Valan la miró y levantó una ceja interrogativa.

—Es un prendedor de caballero, si no me equivoco.

La boca de ella se adelgazó en una línea amotinada.

—¿Debo llamar al vizconde Hesston para preguntarle si ha perdido un prendedor de diamantes?—preguntó .

Sus ojos se abrieron de par en par.

—No. No hagas eso. Por favor.

Valan levantó el prendedor de la palma de su mano y luego la soltó.

—Supongo, entonces, que el buen vizconde no te lo dio como muestra de su, eh, amor eterno.

—¿Amor eterno?—se burló ella—Ese hombre solo se ama a sí mismo.

Él reprimió una sonrisa.

—Perdóname, pero tengo curiosidad por saber cómo has llegado a tener su broche. Es poco probable que se lo quitara para desvestirse. No sería necesario quitarle la corbata para...

—Él no me lo dio—interrumpió ella.

—Entonces, ¿lo sacaste de su corbata cuando te besó?

Ella levantó la barbilla.

—Las damas no permiten que hombres extraños las besen.

—Qué maravilloso es saber que reconoces una conducta propia de una dama. Te sugiero que lo recuerdes la próxima vez que un hombre te pida que le acompañes a una alcoba.

Dejó caer su mirada. Ah, la tenía. Le dirigió una mirada a través de sus pestañas y fue fácil ver por qué había captado la atención de Hesston. Su inocencia era un señuelo al que pocos hombres podían resistirse. Ella extendió una mano hacia él y dio un paso adelante. Luego tropezó. Gritó y chocó con él. Su solapa tiró hacia abajo cuando ella lo agarró y Valan la atrapó.

La puso a un brazo de distancia.

—Es la segunda vez esta noche que caes en mis brazos—Se colocó el corbatín en su sitio y se palpó el nudo para evaluar los daños—. ¿Tal vez deberíamos presentarnos formalmente antes de un tercer encuentro?—Valan hizo una pausa y palpó la longitud del corbatín. Su prendedor... Bajó las manos a los costados y le dirigió una mirada evaluadora— Mi prendedor, por favor.

Los ojos de ella brillaron mientras abría la mano izquierda. El prendedor de rubí estaba en la palma de su mano. Valan lo tomó.

—No es frecuente que me sorprenda, pero tú has conseguido sorprenderme.

La risa en sus ojos se desvaneció y su espalda se enderezó.

—Un caballero me daría una ventaja.

Hizo una pausa mientras metía los dos prendedores en el bolsillo delantero de su abrigo.

—¿Una ventaja?

—Antes de llamar a la calle Bow.

Una comisura de la boca de Valan volvió a crisparse, con más fuerza. Sacó la mano del bolsillo.

—Estás a salvo, mi niña. No pongo a los patrulleros a buscar jóvenes.

Ella lo estudió como si estuviera insegura, luego su expresión se aclaró y esbozó una brillante sonrisa.

—Es usted amable, a pesar de su rostro austero—Antes de que él pudiera replicar, ella añadió:—Admítelo, una vez que descubriste que te faltaba el prendedor, habrías asumido que lo perdiste por accidente y no sospecharías de mí... al igual que ese malvado vizconde no lo hará.

—La fortuna te favorece en ese sentido—dijo Valan—. Hesston no dudaría en hacer que te arrestaran, si es que no cumples con sus exigencias.

Ella frunció el ceño.

—¿Exigencias? Oh, quieres decir que me haría su amante.

—Nada tan elevado como eso, pero no importa. ¿Me atrevo a preguntar cómo has llegado a tener este, eh…, talento?

Se encogió de hombros, pero una determinación de acero subyacía a la despreocupación.

—Una mujer desarrolla las habilidades necesarias para sobrevivir.

—Sí—él estuvo de acuerdo—. Las mujeres son muy hábiles para sobrevivir. Supongo, entonces, que necesitas el dinero.

Ella frunció el ceño.

—No robo por dinero. Bueno, no para mí. Por cierto, devuélvame el prendedor.

Él levantó una ceja.

—¿Tu prendedor?

—Ciertamente no es tuyo—dijo ella.

—Tampoco es tuyo—dijo él.

—Quien lo encuentra se lo queda.

—¿Así es como llamas a tu talento, «encontrar»?

Ella frunció el ceño.

—No lo necesitas.

—Querida, si empeñas este prendedor, seguramente te encontrarás perseguida por los patrulleros. A menos que... dime, ¿tienes ya una relación con un agente de empeño?

Ella le dirigió una mirada altiva.

—No la tengo.

—Entonces no empezaremos ahora.

Sacudió la cabeza.

—Todo el mundo cree de que sabe lo mejor para mí. Yo no quiero...

Valan hizo una mueca.

—Por favor, no digas más. Seguro que la señorita Peddington te ha enseñado a no caer en dequeísmos.

Ello miró hacia el piso.

—Sí, lo hizo.

—¿Vas a tirar cada centavo que tu padre gastó para enviarte aquí hablando como una vulgar pescadora?

—Mi mi m-madre me envió aquí.

Valan la miró.

—¿Solo tartamudeas cuando tienes miedo?

Sus mejillas se enrojecieron mientras levantaba la barbilla.

—No puedo evitarlo. Si no te gusta...—sus mejillas se sonrojaron más—entonces no eres un caballero.

—Tu juicio sobre lo que constituye un caballero está muy equivocado—Ella abrió la boca para replicar, pero él levantó una mano, con la palma extendida—. Por favor, dejaremos esta discusión para otro momento. Estoy de acuerdo. No puedes evitar el tartamudeo. Pero sí puedes elegir las palabras que dices. Te sugiero que te acostumbres a elegirlas con más cuidado.

Un movimiento más allá del hombro de la chica llamó la atención de Valan. Reconoció al hombre alto que se acercaba.

—¿La felicidad matrimonial pierde su brillo tan pronto?—preguntó Valan cuando Sir Stirling James llegó hasta ellos.

Stirling sonrió.

—En absoluto—dijo mirando con atención a la joven.

—No puedo hacer presentaciones—dijo Valan—. No sé el nombre de la joven.

—Entonces, permítanme—Stirling se inclinó—. Señorita Jeanine Matheson, soy Sir Stirling James, y este es su señoría, el marqués de Northington.

Extendió su mano y Valan se inclinó sobre ella.

—¿Un marqués?—dijo ella—No me dijiste que eras un par.

—No lo has preguntado—dijo él, y luego miró a Stirling—. ¿Conoces a todas las jóvenes? Nunca dices que vienes aquí a menudo.

Stirling sacudió la cabeza.

—Les he visto juntos. Honoria me dijo quién era.

—Ah—entonó Valan—. Es a Lady Peddington a quien has venido a visitar.

—Honoria y yo somos viejos amigos—dijo Stirling—. No esa clase de viejos amigos—añadió cuando Valan comenzó a responder—. Pero sí lo fuimos, el pasado es el pasado.

Valan inclinó la cabeza.

—Como tú digas.

—¿Conocías a Lady Peddington antes de que fundara la escuela?—preguntó la señorita Matheson.

Stirling sonrió.

—Efectivamente.

—Quiero tener una escuela como esta algún día—dijo ella.

—Dios mío, ¿por qué?—preguntó Valan.

—Ser una mujer independiente. Lady Peddington dice que una dama estará mejor si encuentra un buen caballero que la cuide. Pero eso no es lo que ella hizo. Ella fundó la escuela. Ella hace su propio dinero y lo gasta como quiere.

—Llevar un negocio conlleva mucha responsabilidad—dijo Valan.

Jeanine agitó la mano con desprecio.

—Llevar la casa de un caballero es una responsabilidad igual de grande.

—Cuando una dama tiene un caballero que la cuida, tiene a alguien que se ocupa de ella si algo va mal—explicó él.

Ella frunció el ceño.

—He conocido a demasiadas damas cuyos maridos no se ocupan de ellas.

—Te atrapó, Northington—dijo Stirling.

—Así es—dijo Valan—. En ese sentido, me despediré.

—¿Te vas tan temprano?—preguntó Stirling.

—Sí. La caza ha terminado por esta noche—Miró a la joven—. Buenas noches, señorita Matheson.

Ella dio un paso hacia él.

—¿Tiene que irse?

Él mostró una sonrisa sosa.

—Los viejos caballeros necesitan descansar.

Ella hizo una mueca.

—Usted no es viejo.

—Viejo lo suficiente.

—La selección de caballeros para bailar ha disminuido—dijo ella—. Esperaba que tal vez...

—Tal vez su señoría baile con usted—Señaló con la cabeza a Stirling.

Ella frunció el ceño hacia Stirling.

—¿Su señoría? Se presentó como Sir Stirling James.

—Es ambas cosas—dijo Valan—. El marqués sufre una modestia antinatural. Rara vez admite su título.

—El título es una cortesía, y apenas significa nada—dijo Stirling.

Valan vislumbró a Hesston hablando con Lady Peddington cerca de la pared del extremo derecho, no muy lejos de un grupo de damas. Valan volvió a prestar atención a la señorita Matheson.

—El marqués es probablemente el único caballero presente. Si es que todavía es un caballero.

Stirling se rió.

—Tendrías que preguntarle a Chastity.

—¿Chastity?—preguntó ella.

—Su esposa—dijo Valan.

—¿Está casado?—La joven arrugó la nariz— Entonces no me conviene bailar con usted.

—Es usted muy sincera—afirmó Stirling.

—Es ingenua—dijo Valan—. Un hombre casado tiene sus usos.

Ella entrecerró los ojos con suspicacia.

—¿Está casado?

—No, y no deseo estarlo. Buenas noches, señorita Matheson. Sir Stirling—Se inclinó y se fue.

Capítulo dos

Nada más llegar al baile de Lady Douglas, Valan empezó a pensar que su mayordomo se había equivocado al sugerirle que asistiera, hasta que vio a la misma belleza de cabello oscuro que había visto en el baile de Lady Peddington dos noches atrás. Se retiró a la sombra de una de las ridículas columnas del salón de baile y observó a la bella bailar un reel con el vizconde Chilson. Cuando comenzó un segundo baile con el vizconde, Valan supo que había hecho de ella una mujer deshonesta. Chilson era bajo y corpulento. Una mujer deshonesta preferiría sin duda a un amante alto y guapo, aunque solo fuera por una noche.

La música se elevó por encima del murmullo de las voces a medida que los pasos de los bailarines ganaban velocidad.

Chilson no duraría más de dos bailes. Ya tenía la cara enrojecida. Como era su costumbre, jugaría a las cartas y perdería quinientas libras antes de que terminara la noche.

—Northington, pensé que eras tú—El conde de Davon se detuvo frente a él—. Pensé que, tal vez, estabas escondido aquí—comentó.

Valan mantuvo sus ojos en la belleza de cabello oscuro.

—Sin embargo, has venido a hablar conmigo.

—Bueno, sí, seguramente no te estás escondiendo de verdad—dijo el conde—Solo estaba bromeando.

Valan suspiró.

—Por supuesto, lo hacías.

—Aquí, ahora—dijo Davon—. No hay necesidad de ser grosero.

La belleza de cabello oscuro desapareció detrás de un grupo de bailarines. El baile duraría otros tres minutos.

Valan miró al conde.

—Tienes razón, por supuesto. ¿Querías algo?

El hombre parpadeó.

—Bueno, no. Solo estaba siendo amistoso.

—Gracias—dijo Valan—. Si me disculpa, hay una dama que necesita mis servicios.

—¿Sus servicios?—comenzó, pero Valan lo dejó de pie junto a la columna y se dirigió al lado opuesto de la sala.

Llegó al lugar donde el vizconde Chilson había salido de la pista de baile con la dama del brazo.

—Por supuesto, querida—decía Chilson—. Puedes tomar todo el champán que quieras—Le pellizcó la nariz. Llegaron a la mesa de los refrescos. El vizconde tomó una copa de champán y se la entregó—. Puedes descansar con las otras damas—dijo, y añadió en un susurro:—Recuerda que eres la hija de mi primo que viene de visita desde Bath.

Esa fue la excusa que utilizó para explicar la presencia de su amante en un baile de sociedad. No tenía esposa que se quejara de sus indiscreciones. Sin embargo, la historia no les permitiría entrar en más de dos o tres fiestas, ya que ninguna anfitriona de renombre quería que su fiesta se viera manchada por la presencia de la amante de un hombre.

Valan eligió una copa de champán y se enfrentó a las bailarinas. Por el rabillo del ojo, observó cómo Chilson guiaba a su joven amante hacia una silla cercana a un rincón ocupado por otras damas. Volvió a pellizcarle la nariz y Valan no pudo evitar imaginarse al conde pellizcándole la nariz mientras resoplaba, sin aliento, encima de ella. Valan se preguntaba si el conde ya la había desflorado.

Chilson se fue y nadie habló con la muchacha. Sin duda, muchos sabían lo que era. Valan terminó su champán, colocó la copa en una mesa cercana y se acercó a su silla. Ella levantó la cabeza y lo miró, con el ceño fruncido por la confusión.

—¿Quieres bailar?—le preguntó.

Ella miró con incertidumbre en la dirección en que Chilson había desaparecido.

—No sé.

Su voz, baja y sensual, hacía juego con su oscura belleza. Puede que tenga que robársela a Chilson, pensó.

—¿Le has prometido este baile a otro?—preguntó él.

Ella negó con la cabeza.

—¿Bailas?—preguntó él.

Ella asintió. Él levantó una ceja.

—¿Hablas?

Sus mejillas se colorearon. Ella empezó a asentir, luego se detuvo y contestó:

—Hablo.

—¿Y bailas?—dijo él.

—Y bailo—respondió ella.

Él extendió una mano hacia ella.

—Pronto empezará el baile.

Ella colocó sus dedos en los de él y se levantó. Él la condujo a la pista de baile y se unieron a un grupo en el borde. Ella se colocó frente a él, con los ojos puestos en su pecho en lugar de en su cara. O Chilson no la había desflorado o había sido poco amable al hacerlo.

La música comenzó y, como él ya había observado, ella bailaba bien. Eso le complacía. Una sonrisa se dibujó en la comisura de los labios. Tal vez la llevaría a bailes como éste. Sin duda, asistiría a al menos media docena de veladas antes de que se le cerraran las puertas. Tal vez no se cerraran en absoluto. Ser rico tenía sus ventajas.

Cuando el baile terminó, Valan deslizó la mano de ella en el hueco de su brazo y la condujo a través de las puertas abiertas del balcón. Una docena de invitados se arremolinaban en el balcón. Ella echó una mirada nerviosa hacia el salón de baile y se detuvo. Valan colocó su mano sobre la de ella, manteniendo los dedos de ella firmemente envueltos en su brazo. Se vio obligada a caminar junto a él mientras bajaban los escalones hacia el césped.

—No creo que deba salir aquí con usted, mi señor—señaló ella.

—¿Por qué no?

—Al vizconde Chilson no le gustará.

—Entonces no se lo diremos. ¿Te gustan los jardines?

—Los jardines son hermosos, por supuesto. Pero una dama...

—¿La hija del primo del vizconde Chilson?— interrumpió él.

Ella lo miró bruscamente.

Él mostró la sonrisa que le había valido el nombre de «Lucero».

—¿Prefieres la compañía del vizconde Chilson a la mía?

Ella lo miró durante un largo momento mientras él ralentizaba sus pasos por el césped.

—¿Puedo preguntar quién es usted, señor?

—Valan Grey, sexto conde de Edmonds, marqués de Northington.

—¿Un conde *y* marqués?—dijo ella con voz entrecortada.

Él asintió, ligeramente desconcertado de que fuera su título el que captara su atención y no su sonrisa. Se estaba haciendo mayor.

—Eres más guapo que el vizconde Chilson—murmuró ella.

—Eres demasiado amable—respondió con una sonrisa socarrona.

Dejaron las luces de la mansión y entraron en un sendero de guijarros bordeado de flores. La luz de la luna iluminaba su rostro. Habían avanzado bastante. Valan le pasó un brazo por la cintura y comenzó a bajar la cabeza hacia la de ella.

—¡No eres un caballero!—gritó una mujer.

Valan se detuvo. Seguro que no era...

Los arbustos que había más adelante crujieron violentamente y una pequeña figura se abrió paso con rapidez, dirigiéndose hacia ellos. La bella morena se puso rígida cuando la mujer se acercó.

—¿Lydia?—La recién llegada llegó hasta ellos y se detuvo—¿Eres tú?

Una gran figura salió de entre los arbustos, pero giró en dirección contraria y desapareció alrededor de un seto.

—¿Qué estás haciendo aquí en el jardín?—preguntó la señorita Matheson.

—Lo mismo que tú, parece—respondió Lydia.

La señorita Matheson le miró y frunció el ceño—*T-tú*.

—Veo que no hizo caso de mi advertencia sobre irse a solas con un hombre, señorita Matheson.

—¿La conoces?—La belleza de cabello oscuro se apartó de su abrazo. Saltaba la mirada de la Srta. Matheson a él.

—La señorita Matheson y yo nos conocimos la otra noche en el baile de medianoche de Lady Peddington.

—Nos conocimos la otra noche...— Lydia se giró para mirar a la señorita Matheson.   —¿Qué estás haciendo aquí?

—Intentaba dar un paseo...

—Eso no—interrumpió ella—. ¿Qué haces en esta fiesta?

—Me han invitado, como a ti.

—No como a mí, creo—espetó Lydia, y miró a Valan—. ¿La has invitado tú?

—Esta no es mi fiesta.

Lydia deslizó su mano en el pliegue de su brazo y se dirigió a la señorita Matheson.

—Lord Northington y yo vamos a dar un paseo. Busca a tu propio caballero.

La señorita Matheson se rio.

—Qué chica tan malvada eres, Lydia. Te vi en el salón de baile con ese caballero bajito y regordete. No estabas nada bien. Ahora estás paseando por los jardines con otro caballero.

—Qué interesante que notes la incorrección en los demás—comentó Valan.

—No he venido al jardín con un caballero—dijo la señorita Matheson—. Por lo tanto, no soy culpable de incorrección.

—¿Cómo te atreves?—Lydia respiró. Tiró del brazo de Valan—¿Vas a dejar que me hable de esa manera?

—Estás enfadada solo porque es verdad—dijo la señorita Matheson.

Lydia dio un pisotón.

—No puedo evitar que a los caballeros les guste más que tú.

—No eres *tú* la que les gusta, Lydia.

Valan se obligó a reír, incapaz de hablar por miedo a animar a la muchacha. Sin embargo, sus esfuerzos fueron en vano, ya que ella ladeó la cabeza y dijo:

—Ves, hasta su señoría está de acuerdo conmigo.

La belleza de cabello oscuro respiró con fuerza.

—Un verdadero caballero no permitiría que se hablara así a una dama.

—Si fuera un caballero, no estaría aquí con usted en el jardín—respondió la señorita Matheson—. En cuanto a que seas una dama...

Ella se soltó y dio un paso atrás.

—Nunca me han tratado tan mal—Sin decir nada más, se giró y volvió a marchar hacia la mansión.

Valan observó su retirada durante dos latidos, y luego se enfrentó a la señorita Matheson.

—Tiene usted la habilidad de interferir en mis planes. Dígame, ¿quién la invitó al baile de Lady Douglas?

—Lady Douglas, por supuesto.

—¿Se conocen ustedes dos?—preguntó sorprendido. Tal vez, al igual que Lydia, se había buscado un protector.

—Lady Peddington a veces nos consigue invitaciones para asistir a otros bailes—dijo ella.

—¿No te acompaña Lady Douglas?—preguntó él.

—Ella llenó mi tarjeta del baile y me envió. Llevo dos horas bailando. Me duelen los pies y estoy cansada. He venido aquí para tomar un poco de aire fresco. Ese caballero me encontró y no fue muy educado.

—Tú tampoco lo fuiste, querida—replicó Valan.

—¿Qué? ¿Debería haberle dejado tomarse libertades?

—¿No se te ocurrió que no debías estar aquí fuera, que quizás no era apropiado?   —preguntó.

—Una dama no debería temer ser abordada cuando sale a pasear.

Se burló.

—Me temo que has desperdiciado el dinero que tu pobre madre gastó para enviarte a la escuela de Lady Peddington. ¿Cómo te propones enseñar a las jóvenes a ser damas cuando no actúas el papel?

—Oh, eso. No necesito ser una dama para tener una escuela.

—Interesante lógica. ¿De dónde, por favor, vas a sacar el dinero para esta escuela?

Ella miró a su alrededor como para asegurarse de que nadie la escuchaba, luego se inclinó hacia ella y dijo:

—Pienso casarme con un caballero muy viejo y rico.

Él se quedó mirando.

—Casarse con un caballero rico. Una tradición consagrada entre las damas. Ven—La agarró del brazo y comenzó a caminar hacia la mansión—. Para que tu plan tenga éxito, no debes ser sorprendida en estos jardines con alguien como yo.

—Eso es una tontería—dijo ella—. No has sido más que un caballero. Nadie podría acusarte de ser impropio.

Ella prácticamente trotó para seguirle el paso, pero él no disminuyó la velocidad.

—Si no llegamos al salón de baile sin ser vistos, puedes descubrir lo equivocada que estás.

—Es la primera vez que un caballero intenta arrastrarme a un salón de baile—dijo ella.

—También es la primera vez para mí—dijo él, cortante.

—Entonces, ¿por qué lo haces?

Él la miró con los labios finos.

—¿Prefieres que te arrastre a los arbustos?

—No—replicó ella—. Solo tenía curiosidad.

—Seguramente, sabes que la curiosidad mató al gato—señaló él—. ¿Te enseñó tu madre a no confiar en los hombres extraños?

—Oh, eso lo aprendí por mi cuenta, y normalmente tampoco puedes confiar en los que conoces.

—Para ser tan cínica, eres ingenua al entrar sola en cualquier jardín.

—Creo que el ingenuo eres tú—dijo ella—. La mayoría de los hombres no necesitan jardines para hacer avances.

Él no pudo evitar una sonora carcajada.

—Me corrijo.

Doblaron una esquina del sendero y se encontraron cara a cara con otra pareja. Valan maldijo antes de que la luz de la luna revelara que la pareja era Sir Stirling y su esposa.

—Su señoría—Hizo una ligera reverencia—. Mi señora. Entiendo que hay que felicitarlos.

Lady Chastity sonrió.

—Sí, gracias. Ella es una bebé sana.

—Veo que estás trabajando duro, como siempre, Northington—dijo Stirling con risa en su voz—. Señorita Matheson, qué casualidad verla aquí. Parece que usted y el marqués se llevan bien.

—La señorita Matheson estaba perdida—dijo Valan—. La encontré por casualidad y la estoy acompañando de vuelta a la mansión.

—¿Por qué no la veo de vuelta?—Dijo Lady Chastity.

—Eso sería lo mejor, señora—. Valan inclinó la cabeza en señal de gratitud.

—Pero... —La señorita Matheson comenzó.

—Vete—interrumpió él—. Es mucho mejor que te vean volver a la fiesta con Lady Chastity que conmigo—Ella negó con la cabeza y él añadió:—Recuerda tus planes.

Ella hizo un bonito mohín, pero asintió.

—Iré, por esta vez. Pero no creas que puedes darme órdenes.

—El cielo no lo permita—pidió él, y las dos mujeres se fueron.

—Tienes suerte de que hayamos sido Chastity y yo los que te hemos encontrado—dijo Stirling mientras seguían a las damas a paso tranquilo.

—Mucho más afortunado para ella que para mí—dijo Valan.

—Eso es completamente cierto—afirmó él, sin hacer ningún esfuerzo por ocultar su diversión—. ¿Qué hace ella aquí?

—Parece que Honoria le consiguió una invitación al baile.

—Interesante—dijo Stirling—. No tenía ni idea de que sus servicios se extendieran a conseguir invitaciones para damas a fiestas privadas. ¿A qué se refería cuando le dijiste «recuerda tus planes»?

—Espera financiar una escuela casándose con un caballero rico que morirá rápidamente y le dejará su dinero.

Stirling le miró bruscamente.

—¿Hablas en serio?

—Ella misma confesó el plan.

—Bueno, la chica es trabajadora.

—Es tonta—afirmó Valan.

—Tal vez, pero hay planes peores. Hablando de eso, he oído que tienes intención de visitar Londres por una larga estancia.

Valan negó con la cabeza.

—No, trato de tener tan pocos planes como sea posible. ¿Dónde has oído eso?

—Me lo dijo Chastity, si no recuerdo mal.

Valan lo miró de reojo. Sir Stirling James no era conocido por sus chismes, aunque muchos de ellos rodeaban al hombre al que cada vez más gente se refería como el Casamentero.

Llegaron a las escaleras del balcón, subieron y entraron en el salón de baile. Se detuvieron justo dentro de las puertas dobles y Sir Stirling observó a la multitud.

—Probablemente Chastity se llevó a la señorita Matheson al salón de las damas—indicó—. Es probable que no volvamos a verlas durante algún tiempo.

—Lo más probable es que no vuelva a ver a la señorita Matheson—afirmó Valan.

—A no ser que encuentre un viejo y rico caballero—dijo Stirling.

Valan se rio.

—Le deseo suerte—. Su mirada se fijó en un hombre alto que hablaba con otros dos. El frío se desencadenó en sus entrañas. Por fin, la velada se había puesto interesante.

—Conocí a Lord Gordon ayer en un almuerzo—comentó Stirling—. Acaba de regresar de Inglaterra después de estar fuera durante... —Stirling miró a Valan.

—Dieciocho años —terminó Valan por él.

La cortina de una alcoba situada a unos metros a la izquierda de Lord Gordon se abrió y Lady Chastity y la señorita Matheson salieron. Gordon se volvió hacia ellas, dijo algo a su compañera y luego dio tres pasos hacia la alcoba. Se inclinó sobre la mano de Lady Chastity. Se presentó a la señorita Matheson. Gordon levantó la mano de la señorita Matheson.

Valan notó los segundos de más que Gordon sostuvo la mano de la muchacha.

—Lord Gordon no es un caballero anciano al que le quedan pocos años—dijo Stirling—. A la señorita Matheson le iría mejor si un hombre la tomara como su pupila.

Valan le miró.

—¿Qué hombre haría algo así?

Stirling se encogió de hombros.

—Un hombre que quisiera asegurarse de que ella no fuera presa de Lord Gordon.

—No te gusta—dijo Valan.

—Sé poco de él. Pero sus atenciones me parecen malsanas—Stirling frunció el ceño—. Creo recordar que hay mala sangre entre ustedes dos.

—¿Entre Gordon y yo?—Valan recordó las palabras de Gordon aquella fatídica noche de hace veinte años: *"Su padre se pegó un tiro y lo dejó sin dinero"*. Pero sonrió amablemente y dijo—:—Nada más que travesuras de la infancia. No nos hemos visto desde nuestros días de universidad.

La curiosidad cruzó el rostro de Stirling, y luego mostró sus dientes blancos.

—¿Nos saludamos?

Valan inclinó la cabeza en señal de asentimiento.

—Hacer lo contrario sería de mala educación.

Stirling levantó las cejas con evidente diversión, el gesto, pensó Valan, casi tan practicado como el suyo propio. Valan le siguió hasta la alcoba. Se acercaron a la espalda de Gordon, lo que le vino bien a Valan. Cuando se acercaron, Lady Chastity miró más allá del hombro de Gordon y éste se volvió.

Valan fue recompensado con una visión de la sorpresa de Gordon y de su ira desprevenida.

Gordon dirigió inmediatamente su atención a Sir Stirling y se inclinó.

—Su señoría, es un placer verle de nuevo.

—Y a usted, Lord Gordon—respondió Stirling—. ¿Conoce a Lord Northington?

Una comisura de la boca de Gordon se tornó sombría, pero asintió rígidamente en dirección a Valan.

—Gordon y yo somos viejos amigos—murmuró Valan—. Asistimos juntos a la Universidad de Edimburgo.

La frustración brilló en los ojos de Gordon y Valan reprimió una sonrisa. Parecía que algunas cosas nunca cambiaban. Cuando el hermano de Gordon se convirtió inesperadamente en vizconde Dryer, veintidós años atrás, se convirtió en un punto de orgullo para Gordon que se le reconociera como «Lord Gordon».

—No sabía que había asistido a la universidad en Edimburgo, Lord Gordon—señaló Lady Chastity.

—Mi padre insistió en que estudiara empresariales—respondió él.

—¿Qué estudió usted, Lord Northington?—preguntó la señorita Matheson.

—Nada tan ilustre como los negocios. Arte y poesía.

—No me lo creo—dijo ella.

Todos la miraron.

—¿Puedo preguntar por qué?—preguntó Valan.

—No es nada romántico.

—Es perspicaz para ser tan joven—murmuró Sir Stirling con una carcajada.

Valan la miró.

—Como no me conoce, me pregunto qué le ha llevado a esa conclusión.

—Como mujer sensata, la señorita Matheson puede ver que no es usted un romántico   —comentó Gordon.

—Lo dice como si ser poco romántico fuera algo malo—mantuvo Valan una voz contemplativa que pretendía incitarle.

La boca de Gordon se diluyó.

—No entendería la diferencia.

—Su señoría entiende perfectamente la diferencia—afirmó la señorita Matheson.

Una vez más, todos la miraron.

—Dígame, ¿cómo lo sabe?—preguntó Valan.

Ella ofreció una sonrisa de suficiencia.

—Como mujer sensata, puedo ver que es lo suficientemente inteligente como para entender lo que es el romance, aunque no sea romántico.

Valan se rió.

—Lejos de mí el discutir con una mujer.

—¿Mujer?—dijo Gordon—Apenas ha salido del aula.

La señorita Matheson frunció el ceño.

—Tengo diecinueve años, una mujer adulta. Tengo dos hermanas menores. Una se casó a los dieciocho años, la otra a los diecisiete. Soy una solterona.

—¿Una solterona?—Valan hizo una mueca—Si tú eres una solterona, entonces yo soy una vetusta señorona.

Ella puso los ojos en blanco.

—La edad es diferente para los hombres.

—Qué suerte para nosotros—añadió Valan.

—Qué suerte, desde luego—dijo Lady Chastity en tono seco.

La orquesta comenzó un vals. La señorita Matheson miró a los bailarines, con anhelo en sus ojos, y luego cambió su mirada a Valan.

—Aprendimos el vals en casa de Lady Peddington. ¿Quieres bailar conmigo?

—Una dama no saca a bailar a un caballero—le advirtió él—. Ella espera a que un caballero se lo pida.

—Pero una dama podría esperar eternamente—señaló ella.

Él le pellizcó uno de sus rizos.

—No esperarás mucho, confía en mí, querida.

—Queda advertida, señorita Matheson—advirtió Gordon—, un verdadero caballero no toca el cabello de una dama en público—Se inclinó—. ¿Puedo tener el honor de este baile?

Ella miró a Valan y las mejillas de Gordon enrojecieron.

—Confía en mí—insistió Gordon—. Bailaremos y tomaremos un refresco, luego me encargaré de que llegues bien a casa.

—Qué divertido—comentó Valan—. Creo que Gordon espera convertirse en tu protector, querida. No temas—Valan le mostró una sonrisa a Gordon—. Ella tiene un protector.